여우 소녀 미랑

(주)푸른책들은 도서 판매 수익금의 일부를 초록우산 어린이재단에 기부하여
어린이들을 위한 사랑 나눔에 동참합니다.

푸른도서관 59
여우 소녀 미랑

초판 1쇄 / 2013년 4월 30일
초판 2쇄 / 2014년 1월 30일

지은이/ 김자환
펴낸이/ 신형건
펴낸곳/ (주)푸른책들
등록/ 제321-2008-00155호
주소/ 서울특별시 서초구 양재천로7길 16 푸르니빌딩 (우)137-891
전화/ 02-581-0334~5 팩스/ 02-582-0648
이메일/prooni@prooni.com 홈페이지/www.prooni.com
카페/cafe.naver.com/prbm 블로그/blog.naver.com/proonibook

글 ⓒ 김자환, 2003, 2013
이 책은 푸른책들에서 『여우고개』(2003)로 처음 나왔으며,
저작권자의 뜻에 따라 제목을 바꾸어 다시 펴낸 것임을 밝힙니다.

ISBN 978-89-5798-350-8 03810

이 도서의 국립중앙도서관 출판시도서목록(CIP)은 e-CIP홈페이지(http://www.nl.go.kr/ecip)와
국가자료공동목록시스템(http://www.nl.go.kr/kolisnet)에서 이용하실 수 있습니다.
(CIP제어번호 : CIP2013001469)

본문 그림 | 양상용

여우 소녀 미랑

김자환 지음

푸른책들

차례

한가위

달빛이 등짐 위에도 그득 실려 있었다. 그러나 무겁지는 않았다.

"아이코, 정말 쇠고집이우, 쇠고집! 이런 오밤중에 어떻게 혼자서 여우고개를 넘는다고……."

기어이 등짐을 짊어지는 장 서방을 보고 늙은 주모가 혀를 끌끌거렸다.

"걱정 마시우."

장 서방은 밤송이 같은 수염 속에서 허연 이를 드러내 보이며 씩 웃었다.

늙은 주모의 그 뒷말은 들으나마나 뻔했다. 산도둑을 만나거나 백년 묵은 구미호라도 만나면 어쩌려느냐는 걱정일 터였다.

"배불리 먹었겠다, 다리 쉼 했겠다, 뭐가 걱정이우? 할머니

문단속이나 잘하슈. 난 가우."

장 서방은 주막을 나섰다.

한가위를 하루 앞둔 둥그런 달이 눈을 커다랗게 뜨고 장 서방을 내려다보고 있었다.

'도둑이라고? 흥! 산적이고 구미호고 간에 어디 한번 나와 보라고 해.'

장 서방은 주먹을 불끈 쥐었다. 젊어서 씨름판을 돌며 황소깨나 따 오곤 했던 그는 힘이 천하장사여서 무서운 것이 없었다. 심지어 나로도나 거문도 뱃길의 해적들마저도 그를 만나면 본체만체하며 꼬리를 사렸다. 오직 하나, 그가 두려워하는 게 있다면 그것은 이따금 여수 해안에 나타나 마을을 쑥대밭으로 만들어 놓고 바람처럼 사라져 버리곤 하는 왜구 떼였다. 왜구 떼는 피도 눈물도 없는 악귀들이었다. 사람의 목숨을 파리 목숨처럼 여기는 잔인무도한 놈들이어서, 누구보다도 힘세고 담 큰 그였지만 그들과 맞서 볼 생각은커녕 머릿속에 떠올리기조차도 끔찍스러울 지경이었다.

'이 녀석, 눈이 다 빠졌겠지?'

묘남이의 얼굴이 눈앞에 아른거렸다. 늦게 본 아들이라서 그런지 며칠만 보지 않아도 안달이 났다. 더구나 이번엔 거의 달포 만에 집으로 돌아가는 길이다.

장 서방은 더욱 걸음을 서둘렀다. 등짐 속에 든 묘남이의 추석빔이며 군입거리를 생각하자 저절로 입가에 미소가 떠올랐

다. 좋아라 펄펄 뛸 묘남이의 모습은 눈에 넣어도 아플 것 같지가 않았다.

'녀석! 이 못난 애빌 닮지 말고 부디 왕대처럼 쑥쑥 자라거라. 애비는 무지렁이 장돌뱅이가 되었다만, 너는 꼭 헌걸찬 대장부가 되어야 한다. 사내대장부로 태어났으면 이름 석 자는 남겨야 할 거 아니냐. 은적암의 걸레 스님도 그러지 않더냐? 장차 큰일을 할 아이라고……'

무심코 이런 생각을 하다가 갑자기 장 서방은 소스라치게 놀랐다. 문득 십 년 전에 들었던 걸레 스님의 말이 머리를 때렸기 때문이었다.

십 년 전 그러니까 묘남이가 세 살이 되던 어느 봄날이었다.

마을로 탁발을 나온 은적암의 걸레 스님이 묘남이를 보더니 무릎을 탁 치는 것이었다.

"장수 상이로다! 허, 그놈! 기골이 장대하기도 하구나."

장 서방 내외는 그 말을 흘려들었다. 걸레 스님은 별명 그대로 술과 고기를 가리지 않는 망나니 중인 데다 낮술까지 불콰하게 취해 있어서 시주를 구하려는 수작으로만 알았던 것이다.

그러나 싫지는 않았다. 제 자식 잘났다는데 마다할 부모가 어디 있으랴. 덥석 보리쌀 한 됫박을 바쳤다. 그러나 스님은 보리쌀 됫박은 거들떠보지도 않고 아기의 얼굴만 이리저리 들여다보았다.

"귀가 큼직하고 얼굴에 화기가 도는 게 성품이 온화하면서도 심지가 곧겠구나. 장차 큰일을 할 물건이로다."

그러다가 갑자기 화들짝 놀라면서 혀를 끌끌거렸다.

"어허! 애석하도다! 이 귀한 상에 액점이라니……."

장 서방은 스님의 말에 기겁을 했다.

"스님, 그게 무슨 말씀이시우?"

스님은 아기의 목 밑에 있는 녹두알만 한 점을 가리켰다.

"여기 이 점이 있지 않소? 이게 흉점으로서……."

걸레 스님은 차마 말하기가 어려운 듯 말꼬리를 사리며 자리를 뜨려 했다.

"스님! 이렇게 변죽만 울려 놓으면 어쩝니까. 우리 묘남이에게 무슨 해가 있단 말입니까?"

장 서방 내외가 소맷자락을 붙들고 늘어지자 스님은 마지못해 입을 열었다.

"말하기가 참 그렇습니다만…… 이 아이는 나이 열서넛에 양친을 모두 잃을 상을 타고났구려. 이 아이에겐 호액이 끼었소."

그러고는 도망을 치듯 총총히 사립 밖으로 빠져나갔다.

'우리 아기에게 호액이 끼었다고?'

장 서방은 코웃음을 쳤다. 호액이라면 호랑이나 여우에게 해를 당한다는 뜻일 터였다. 그러나 깊은 산중에나 사는 호랑이가 여우골에까지 나타날 리가 없었고, 여우 따위는 무섭지가 않았다. 그리고 무엇보다 아기에게 해가 있다는 말이 없었기 때문에 안심이었다. 장 서방은 아들만 크게 잘된다면 자신은 어떻게 되어도 좋다는 생각을 갖고 있었다. 그래서 걸레 스님의 말을 그냥 웃어 넘기고 말았다.

'우리 묘남이 나이가 벌써 열셋인가?'

장 서방은 왠지 가슴이 떨리는 것을 느꼈다. 십 년 전에 들었던 걸레 스님의 말이 귓가에 앵앵거리면서 까닭 모를 불안감이 가슴을 짓눌렀다

'말 같지도 않은 소리! 우리 묘남이를 두고 내가 어떻게 눈을 감는다고…….'

정말이었다. 어떻게 얻은 아들인가. 나이 사십이 다 돼 장가를 들고, 사십을 서너 해나 넘겨 어렵게 어렵게 얻은 아들이었다. 그래서 묘남이는 금보다 귀하고 은보다 귀했다. 아니, 자신의 생명보다 더 귀했다. 그런데 그런 아들을 다 키우기도 전에 양친이 모두 죽게 되다니, 그것은 말도 되지 않는 미친 소리였다.

장 서방은 눈을 부릅떴다.

'나도 이제 늙었나? 그런 멍청한 생각을 다 하다니. 그까짓 땡추가 무얼 안다고……. 중 같지도 않은 땡추가 술 취해서 씨부렁거린 허튼소리일 뿐인 것을…….'

장 서방은 그렇게 믿으려고 애를 썼다. 그러면서 꾸부렁꾸부렁 가파른 여우고개의 이마를 오르고 있었다.

'햐! 달이 징그럽게도 밝구나!'

장 서방은 왠지 모를 불안감을 떨쳐 버리기 위해 하늘을 올려다보았다. 한가위를 하루 앞둔 보름달이 배가 부를 대로 불러 있었다. 고갯길은 대낮처럼 밝았고, 이따금 산새들이 자리 고쳐 앉는 소리만 들려올 뿐 여우산은 쥐 죽은 듯이 고즈넉했다.

여우고개의 이마 꼭대기가 눈앞에 들어오기 시작하였다. 이제 고갯마루를 넘어서 시오릿길만 더 걸어 들어가면 여우골이 나올 것이고, 그립고 보고 싶은 묘남이를 볼 수 있을 것이었다.

장 서방은 잠시 걸음을 멈추고 길섶의 너럭바위 위에 앉아 등짐을 벗었다. 그리고 턱에 닿은 숨을 고르며 이마의 땀을 씻었다.

'내가 정말 늙었나? 고개도 채 못 넘고 주저앉았다니…….'

장 서방은 쓴웃음을 지었다. 묘남이를 다 키우기까지는 앞으로도 나로도나 거문도 같은 큰 섬은 물론이고 멀리 구례나 남원 같은 큰 장을 찾아다니며 장사를 해야 한다. 그런데 몸이 이젠 예전 같질 않은 것이다.

'그래도 아직은 끄떡없어. 우리 묘남이를 다 키울 때까지는 뼈가 빠지고 몸이 가루가 되더라도 돈을 벌어야 해. 암, 그렇고 말고. 우리 묘남이가 어떤 아들인데?'

묘남이를 생각하자 더 쉬고 있을 수가 없었다. 장 서방은 다시 등짐을 짊어졌다.

그 때였다.

"젊은이⋯⋯. 젊은이⋯⋯."

몇 걸음 바로 앞에서 가냘픈 여자의 목소리가 들렸다.

"⋯⋯."

머리칼이 쭈뼛 거꾸로 곤두서면서 식은땀이 좍 흘렀다.

'이 밤 깊은 산속에서 난데없이 웬 여자의 목소리란 말인가! 귀신? 구미호?'

짧은 한순간에 별의별 생각이 다 스쳐 갔다. 힘세고 담 큰 그였지만 때가 때이고 장소가 장소인지라 겁이 덜컥 나지 않을 수 없었다.

"거, 누구요?"

장 서방은 등짐을 바투 지고 양팔에 힘을 잔뜩 모았다. 무엇이 나타나든 여차하면 붙잡아서 길바닥에다 메다꽂을 참이었다.

"젊은이, 이 할미 좀 살려 주우."

'할미?'

장 서방은 소리 나는 쪽으로 주춤주춤 다가갔다. 머리가 허옇게 센 할머니가 쓰러져 있었다.

"웬, 할머니우? 왜 여기 쓰러져 있는 거요?"

할머니는 간신히 고개를 쳐들고는 꺼져 가는 소리로 말했다.

"딸네 집에 양식을 얻으러 가다가 그만 발목을 삐고 말았다오. 사흘 동안이나 입에 풀칠 한번 못했더니 허기가 져서⋯⋯."

측은한 생각이 들었다. 땅 한 뼘 없이 풀뿌리, 나무껍질로 연명을 하고 그나마 구할 곳이 없어져서 구걸로 모진 목숨을 이어 가는 사람들이 이 땅에 어디 한둘이던가. 따지고 보면 자기가 목숨을 걸고 그 험한 뱃길과 깊은 산중을 갈마들며 건어물 등짐장수로 고생을 하는 것도 결국은 농사지을 땅이 없기 때문이었다.

장 서방은 이제 무섬증 대신 가엾고 안쓰러운 생각에 마음이 무거웠다. 그러나 경계심은 늦추지 않았다.

"어디까지 가시려우?"

"여우골에 내 딸이 산다오."

"여우골? 거긴 내가 사는 마을인데……. 딸 이름이 뭐요?"

"용녀……."

"아, 용녀, 바우 어멈!"

비로소 마음이 탁 놓였다. 용녀라면 아래뜸에 사는 박 서방의 부인이었다. 용녀를 알고 있는 사람이 귀신이나 구미호일리가 없었다.

"등짐 위에 타시우. 가는 길이니 모셔다 드리겠소."

"이런 고마울 데가!"

할머니는 냉큼 등짐 위로 올라탔다. 할머니 몸이 허깨비처럼 가벼워서 안쓰러웠다.

"고맙수, 젊은이."

"거 젊은이, 젊은이 하지 마시우. 이래 보여도 나도 오십 줄

이우."

장 서방은 껄껄 웃었다. 비록 늙어 빠진 할머니이긴 하지만 그래도 사람이 둘이라고 생각하니 한결 마음이 든든했다.

"젊은이는 담도 크구려. 이런 밤중에 혼자 무섭지도 않은가?"

여우고개의 꼭대기에 이르렀을 때 할머니가 물었다.

"무섭기는 뭐가 무섭단 말이우? 도둑이든, 구미호나 귀신이든 난 겁나지 않수. 까짓것 한 방에 메다꽂으면 그만일 것을."

별안간 등 뒤에서 할머니가 칼칼칼 기분 나쁘게 웃었다.

"그래? 그게 마음대로 될까?"

장 서방은 가슴이 철렁 내려앉았다. 칼칼칼 기분 나쁜 웃음소리도 소름이 끼치거니와 갑자기 등짐이 천근만근 무거워졌다.

"다, 당신은……?"

장 서방은 말을 채 끝맺지 못했다. 등짐 위의 할머니가 두 손으로 목을 조여 오는 것이었다.

"어리석은 것! 여우산 구미호 소문도 못 들었느냐? 내가 바로 여우산의 구미호라는 건 꿈에도 몰랐겠지?"

장 서방은 눈앞이 캄캄했다. 늙은 구미호를 길바닥에 메다꽂아야겠는데 마음뿐이지 몸이 말을 듣지 않았다.

"흐흐흐, 좀 늙긴 했지만 오랜만에 팔팔한 사람의 생간을 만나는구나. 미랑이 이년, 소원을 이룰 날도 이제 얼마 남지 않았구나."

구미호의 목소리가 까마득한 곳에서 들렸다. 장 서방의 목에 시퍼런 힘줄이 서고 마침내 두 눈이 툭 튀어나왔다. 묘남이의 웃는 얼굴이 눈앞을 스쳐간 순간, 장 서방은 털썩 쓰러지고 말았다.

달빛에 계곡물의 속살까지 다 비쳤다. 달은 물살에 얼굴이 일그러지는 것도 아랑곳않고 끝없이 위로 위로 거슬러 오르고 있었다.

'사람이 된다면……. 아아, 예쁜 여자가 된다면 얼마나 좋을까!'

은빛 여우 미랑은 흐르는 물을 쳐다보다 말고 하늘을 우러러 보았다. 휘영청 밝은 달이 활짝 웃고 있었다. 거기, 한 도령의 얼굴이 아른거렸다. 열셋? 열넷? 그 도령의 서글서글한 눈매가 떠오르자 또다시 가슴이 두근두근 설레었다.

'아, 도련님!'

미랑은 두 팔로 자신의 가슴을 부여안았다.

은빛 여우 미랑은 달포 전에 한 도령을 먼발치에서 보았다. 동무들과 전쟁놀이에 팔려 여우산 고갯마루까지 올라온 모양인데, 비록 의복은 남루했지만 후리후리한 키며 호리호리한 몸매 그리고 서글서글한 눈매와 부드러운 미소가 한눈에 마음을 사로잡아 버렸다. 그리고 그 도령을 만난 뒤부터 사람이 되고 싶은 소원이 더욱 간절해졌다.

'그 도령의 이름은 무엇일까? 내가 예쁜 여자로 다시 태어난다면 날 좋아하게 될까? 아, 난 왜 여우로 태어났을까.'

미랑은 한숨을 길게 내쉬었다. 눈물이 주르륵 흘러내렸다. 그 도령이 몹시도 보고 싶었다.

"이것아, 또 한숨이냐?"

어머니가 나타났다. 미랑은 얼른 눈물을 훔쳤다.

"청승 그만 떨고 어서 이것이나 먹어라. 아직도 따뜻하다."

늙은 구미호는 손에 들린 사람 간을 미랑의 코앞에다 내밀었다. 피가 뚝뚝 떨어지는 시뻘건 간에서는 아직도 김이 모락모락 나고 있었다.

"그게 뭐예요, 어머니?"

"뭐긴 뭐야, 이것아. 네 약이다."

"또 사람 간이에요?"

미랑은 질겁을 하며 뒤로 주춤 물러났다.

"애 좀 봐. 이걸 구하느라 얼마나 힘들었는데……. 요즘 세상에 건강한 사람의 간을 어디 좀처럼 구경이나 할 수 있는 줄 아느냐?"

그것은 사실이었다. 이태나 연속으로 흉년이 든 데다, 곳곳에서 산적이나 해적들이 날뛰고 요즘엔 바다 건너 섬나라의 왜구들까지 툭하면 쳐들어와 노략질을 해 가는 바람에 백성들은 굶는 날이 밥 먹는 날보다 더 많았다. 몇몇 부잣집 지주들을 제

외하고는 대부분 핏기 없이 누렇게 뜬 얼굴로 허덕허덕 모진 하루하루를 보내야 했다. 더구나 금년은 철까지 늦들어 내일이 바로 추석인데도 아직 벼가 채 여물지 않은 상태였다. 굶주리고 병든 사람들이 대부분이어서 싱싱하고 건강한 사람의 간을 구하기는 그야말로 하늘의 별따기였다. 그런데 운좋게도 조금 늙긴 했지만 기골이 장대하고 튼튼한 장사꾼을 만난 것이었다.

"얼른 먹지 못하겠느냐? 사람, 사람, 노래를 부르더니 그래 사람 되기가 이젠 싫어졌단 말이냐?"

"그걸 먹으면 정말 사람이 될 수 있는 거예요?"

늙은 구미호는 한숨을 길게 내쉬었다.

"여우가 사람 되는 게 손바닥 뒤집듯 쉽기야 하겠느냐만, 우리의 정성이 하늘에 닿는다면 아마 그리 될 게다. 아무리 우리가 짐승이라고 하지만 설마 하늘이 무심하겠냐. 정성을 다해보도록 하자."

미랑은 사람 간을 받아 들었다. 온몸에 소름이 쫘악 돋으면서 손이 부들부들 떨렸다. 사람의 간을 먹어야 한다는 게 무섭고 싫었다.

'그 도령이 이걸 안다면 날 얼마나 욕할까?'

그러나 어쩔 수가 없었다. 사람이 될 수만 있다면, 사람이 되어서 그 도령의 사랑을 받을 수만 있다면 그 어떤 짓이라도 해야만 했다.

'미안해요, 용서하세요.'

은빛 여우 미랑은 자신 때문에 희생당한 사람에게 마음속 깊이 사죄를 했다. 그리고 이를 악물고 사람 간을 먹기 시작했다.

추석이라고 해도 들뜬 기분도 없이 마을은 그저 괴괴하기만 했다. 이따금 추석빔을 차려입고 지나가는 부잣집 아이들이 한두 명씩 눈에 띌 뿐 고샅길은 썰렁하다 못해 을씨년스럽기까지 했다.

"더도 말고 덜도 말고 팔월 한가위만큼만이라더니⋯⋯."

걸레 스님은 혀를 끌끌 찼다. 명절을 쇠는 것은 고사하고 끼니마저 안치지 못하는 사람들이 가엾고 안쓰러웠다.

"극락정토는 대체 어디에 있는 것일꼬⋯⋯."

스님은 아래뜸에서 위뜸으로 올라서는 갈림길로 들어섰다. 위뜸은 못 먹고 헐벗은 가난뱅이들이 모여 사는 마을이어서 송편은커녕 아침밥도 못 안친 집이 태반일 터였다. 그들에게 위안 삼아 독경이나 들려줄 생각이었다.

멀리 장 서방네 대문 옆의 높다란 감나무가 눈에 들어왔다. 희끗희끗 사람들의 그림자도 보였다.

'아뿔싸! 무슨 일이⋯⋯?'

사람들이 모여 있는 것을 보자 왠지 가슴이 덜컥 내려앉았다. 잔치도 없는 마을에 괜히 사람들이 모여 있을 리가 없었다.

'그 집 아이가 호액을 끼고 있던데, 혹시⋯⋯?'

불길한 예감으로 가슴이 덜덜 떨렸다.

'설마……, 설마…….'

스님은 바람 소리를 내며 달리기 시작했다.

걸레 스님이 나타나자 마당에 모여 있던 사람들이 길을 터 주었다. 거적으로 덮어 놓은 시신 하나가 눈에 들어왔다.

'아뿔싸! 기어이…….'

스님은 급히 거적을 들췄다. 장 서방이었다. 툭 튀어나온 눈을 무섭게 부릅뜬 채 죽어 있었다.

"아미타불! 나무관세음……."

스님은 합장을 했다. 가슴에 뻥 뚫린 구멍을 보니 구미호의 짓이 분명했다.

"대체, 어찌 된 일입니까?"

스님이 묻자 키가 땅딸막한 남정네가 부르르 치를 떨었다.

"여우고개 마루턱에 쓰러져 있지 않겠어요? 짐이랑 고스란히 옆에 놓인 채……."

늙수그레한 아낙이 치맛자락으로 코를 힝 풀고 나서 말했다.

"또 그 늙은 구미호의 짓이 분명해요. 여우 말고 누가 묘남 아범을 이렇게 만들겠어요? 호랑이가 나와도 눈썹 하나 끄떡하지 않을 사람인데."

"묘남 어멈은 이제 어찌 살꼬. 나이 차이가 있어도 부부 금슬이 그리도 좋더니……."

"하늘도 무심하시지. 명절날 아침에 이런 변이……."

사람들은 모두 말꼬리를 흐렸다. 얼굴마다 놀라움과 슬픔과 분노로 파랗게 질려 있었다.

　"이 댁 아이는 어디에 있습니까?"

　스님이 묻자 한 아낙이 턱으로 뒤꼍을 가리켰다. 살구나무 아래에 한 소년이 우두커니 서 있었다. 퀭하게 열린 눈은 초점이 없고, 얼굴에 아무런 표정이 없었다.

　"어린 게 얼마나 절통했으면 저렇게 실성을 다 할꼬."

　"죽림댁은 어떻고? 아직도 깨어나질 않으니……. 이러다 줄초상이 나는 건 아닌지 모르겠네."

　"빌어먹을 세상! 굶고 사는 것도 서러워 죽겠는데 이런 흉한 일까지……."

　아낙들은 남의 일 같지 않다는 듯이 혀를 끌끌거리며 눈물을 찍어 내곤 했다.

　"애야."

　걸레 스님은 묘남이의 등 뒤로 다가가 가만히 어깨를 감싸안았다.

　"사람은 누구나 한 번은 죽는 법, 너무 슬퍼하지 말아라. 네 아비 타고난 명이 그러한데 어쩌겠느냐."

　그러나 묘남이는 여전히 아무런 표정도 없이 멀뚱하게 그저 하늘만 바라보고 있었다.

　"어서, 정신을 차리거라. 네 어머니를 생각해서라도 네가 기운을 내야지."

스님은 묘남이의 손을 잡아끌고 마당으로 나왔다. 사람들은 마치 허깨비처럼 허정허정 스님에게 끌려오는 묘남이를 보며 모두들 고개를 돌렸다.

"이러고들 있을 겁니까? 빨리 뒷수습을 해야지요."

걸레 스님이 큰 소리로 호통을 쳤다. 그제서야 사람들은 허둥지둥 몸을 움직이기 시작하였다. 죽은 사람은 죽은 사람, 산 사람을 위해서라도 한시바삐 장례를 치러야 했다.

관도 상여도 없는 초라한 장례식이었다.

마을 사람들은 장 서방을 뒷산 양지바른 곳에다 묻었다. 상복도 입지 않은 쓸쓸한 장례였지만 그래도 걸레 스님의 낭랑한 독경 소리가 큰 위안이었다. 그들은 장 서방이 살아생전 악한 일을 한 적이 없기 때문에 극락왕생할 것이라고 믿었다.

상주인 묘남이는 한 번도 울지 않았다. 넋 나간 허깨비처럼 스님 뒤를 따라다니며 시키는 대로 절을 하고 아버지의 시신 위에 흙을 덮고 하였다. 그러는 묘남이를 보면서 마을 사람들은 울음 끝을 깨물었다.

장례를 마치고 집으로 돌아왔을 때 장 서방의 집에서는 또 하나의 주검이 그들을 기다리고 있었다. 그사이 정신을 차린 묘남이의 어머니 죽림댁이 스스로 살구나무 가지에다 목을 매단 것이었다.

사람들은 넋을 잃고 말을 잃었다.

그들은 아무 말 없이 다시 산으로 올라가 죽림댁을 장 서방

옆에다 묻었다.

"이 아이는 내가 데려가겠소."

걸레 스님이 묘남이를 데리고 마을을 떠났다.

묘남이는 한참을 가다가 잠시 걸음을 멈추고 뒤로 돌아서더니, 퀭하게 초점 없는 눈으로 제가 살던 집을 쳐다보았다. 그리고 잠시 후 다시 스님 뒤를 따라 허정허정 걷기 시작하였다.

"잘 가!"

"묘남아, 잘 가!"

묘남이의 동무들이 손나팔을 하고 외쳤다. 그러나 묘남이는 뒤를 돌아보지 않은 채 산그늘 속으로 사라졌다.

"잘 가! 묘남아, 잘 가!"

메아리만 대답처럼 마을로 되돌아왔다.

쌀례

"쌀례야! 쌀례 뭐 하냐?"

부엌에서 나온 구례댁은 뒤란의 골방에다 대고 소리를 쳤다.

"빨리 뱃머리 안 나가 볼래? 아버지랑 네 오빠들 돌아올 때가 넘었는데, 빨리 나왓!"

구례댁은 허리를 펴고 하늘을 보았다. 해가 한 뼘도 채 남아 있지 않았다.

"아이, 나 자는데……."

덜컹 문 여는 소리가 들리고, 투덜투덜 볼멘소리와 함께 뾰로통하게 부어 터진 쌀례의 얼굴이 부엌 앞으로 나타났다.

"으이그, 이 소갈머리 없는 년!"

구례댁은 쌀례의 머리를 한 대 쥐어박는 시늉을 했다. 쌀례의 토라진 모습이 더욱 귀여웠다. 위로 아들 셋을 줄줄이 낳은 뒤에 어찌어찌 늘그막에 이삭 줍는 것처럼 얻은 딸이라서 그런지 금보다도 귀했고 쌀보다도 귀했다. 부잣집으로 시집가서 쌀밥만 먹고 살라고 이름도 쌀례라고 지었는데, 전생에 무슨 업구렁이였는지는 몰라도 쌀례가 태어난 뒤부터 살림이 새록새록 피어나는 것이었다. 쌀례가 열두 살이 된 올봄에는 자그마하지만 배까지 한 척 장만하여 애아범과 아들 삼 형제가 부리고 있었다. 구례댁은 이 모든 것을 쌀례가 물고 온 복이라고 생각했다.

"이것아, 아버지랑 오라버니들은 바다에서 죽을 고생을 하는데, 넌 그래 허구한 날 낮잠 타령이야?"

"할 일이 없으니까 그러지."

"이년이 또 말대꾸! 얼른 뱃머리나 나가 봐."

딸의 등을 떠밀어 사립 밖으로 내몰고 나서 구례댁은 툇마루에 주저앉았다.

겨울이 가까워지자 또 무릎이 쑤시기 시작했다.

'으이그, 나도 이제 며느리나 들이고 들어앉든지 해야지…….'

구례댁은 젊어서 워낙 고생을 한 탓인지 몸이 말이 아니었다. 그러나 마음만은 느긋하고 평화로웠다. 배까지 있어서 끼니 거르지 않겠다, 장대 같은 아들 셋에 눈에 넣어도 안 아플 막내딸까지 있겠다, 이제 더 이상 바랄 것이 없었다. 다만 한 가지 욕심이 있다면 그것은 빨리 참한 며느리를 얻어서 떡두꺼비 같은 손주를 안아 보는 것이었다. 떡두꺼비 같은 손주 녀석을 떠억 안고 우물가에 나타나면 만나는 사람들마다 복 많은 노인네라고 입을 모으며 부러움에 찬 눈길을 보낼 것이었다.

"에구머니, 이게 무슨 냄새야!"

밥 타는 냄새가 났다.

"내 정신 좀 봐. 밥 짓다 말고……."

구례댁은 부리나케 부엌 안으로 뛰어 들어갔다.

바다가 온통 분홍빛이어서 빨래를 담갔다가 짜면 붉은 물이 주르르 흘러내릴 것 같았다. 갈매기의 날개 끝에도 분홍빛의 놀 가루가 잔뜩 묻어 있었다.

갈매기 떼를 보자 쌀례는 또 가슴이 부풀어 오르기 시작했다.

'갈매기는 얼마나 좋을까. 가고 싶은 델 마음대로 갈 수 있고…….'

쌀례는 갈매기가 부러웠다. 갈매기처럼 훨훨 날아서 넓은 세상에 한번 가 보는 것이 소원이었다.

'세상은 얼마나 넓을까? 바다 저 건너에는 무엇이 있을까?'

쌀례의 맑은 눈에 꿈꾸는 것처럼 영롱한 빛이 서렸다.

'한양은 여기서 얼마나 멀까? 한양엔 임금님이 살고 좋은 집도 많고 사람도 많다던데, 한양 사람들은 어떻게 생겼을까?'

이런 생각을 하다 보면 짜증이 났다. 가 보고 싶은 곳이 너

무도 많고 해 보고 싶은 일도 너무나 많은데, 새들처럼 자유로이 날 수 있는 날개가 없는 것이 한이었다. 그리고 말도 크게할 수 없고 마음껏 나돌아 다닐 수도 없는 여자로 태어난 것이더더욱 불만이었다. 임포처럼 손바닥만 한 갯마을에 갇혀 사는게 답답하기만 했다.

"에잇, 신경질 나! 여자라고 깔보고, 배도 못 타게 하고……."

쌀례는 길바닥의 돌멩이를 힘껏 걷어찼다.

"아얏!"

짚신 속의 발가락이 찌르르 저려 왔다. 눈물이 찔끔 나도록아팠다. 짚신을 벗어 던지고 발가락을 매만지고 있는데 느닷없이 솔숲에서 누가 튀어나왔다.

"쌀례야!"

"엄마!"

쌀례는 질겁을 하며 비명을 질렀다.

"쌀례야, 왜구 잡으러 가자."

만득이였다. 손에 짤막한 막대기를 들고는 헤실헤실 웃고있었다.

"놀래라! 바보 같은 게……. 깜짝 놀랐잖아. 안 그래도 발가락이 아파 죽겠는데."

쌀례는 눈을 흘겼다. 그래도 만득이는 입을 헤벌리고 헤실헤실 웃었다.

"쌀례야, 왜구 잡으러 안 갈래?"

"너나 가!"

쌀례는 꽥 쏘아붙이고 나서 만득이를 따돌리기 위해 달음질쳤다.

만득이는 쌀례보다 네 살이나 많은 열여섯인데, 일곱 달 만에 태어나 좀 모자랐다. 마을 사람들이 '칠득이'라고 부르며 숫제 바보 취급을 해도 그저 늘상 헤실헤실 웃고 다녔다. 서너 달 전에 이웃 마을인 금성포가 왜구들의 침략으로 쑥대밭이 되었다는 소문을 듣고부터는 왜구를 잡는다고 막대기를 들고 다녔다.

"나랑 같이 가!"

만득이가 허겁지겁 뒤쫓아왔다.

"싫어! 따라오지 마. 따라오지 말라니까!"

쌀례는 돌멩이를 주워 들고 팔매질을 했다.

만득이는 쌀례만 보면 추근추근 뒤를 따라다녔다. 쌀례는 그게 싫었다. 어려서 울면 만득이에게 시집을 보내겠다는 부모님의 말을 많이 들어서인지 만득이만 보면 가슴이 덜컥 내려앉았다.

"쌀례야, 같이 가자. 왜구 잡으면 너 다 줄게."

만득이는 돌팔매에 얻어맞으면서도 끈질기게 쫓아왔다.

"아휴, 저 거머리! 바보, 천치! 칠득이 같은 게 남 창피하게 자꾸 따라다니고 있어."

쌀례는 뱃머리를 향해 쏜살같이 달렸다. 그러다가 갑자기 "억!" 하고 비명을 삼키며 그 자리에 우뚝 멈춰 섰다. 낯선 배 여러 척이 화살처럼 빠르게 선창으로 달려오고 있었다.

'무슨 배지? 왜구?'

머리칼이 거꾸로 곤두서면서 온몸에 소름이 쫘악 끼쳤다. 만약 왜구들이 틀림없다면 큰일이 아닐 수 없었다. 왜구들은 식량이나 재물을 빼앗아 갈 뿐만 아니라 사람을 닥치는 대로 죽이고 집에다 불을 지르고 여자들을 붙잡아 간다고 했다. 낯선 배에 탄 사람들이 왜구가 틀림없다면 임포는 이제 금성포처럼 쑥대밭이 되고 말 것이었다.

쌀례는 눈을 크게 부릅뜨고 선창으로 들이닥치는 배들을 쏘아보았다. 그리고 또 한 번 소스라치게 놀랐다. 정체 모를 배들에게 겹겹이 포위된 채 끌려오고 있는 눈에 익은 배 한 척, 그것은 바로 아버지의 배였다.

"아버지! 갑식 오빠! 영식, 삼식 오빠!"

쌀례는 제정신이 아니었다. 미친 듯이 선창 끝으로 달렸다. 개미 떼처럼 선창으로 기어오르고 있는 왜구들이 눈에 보이지도 않았다.

그 때였다.

"왜구다! 왜구 잡아라!"

등 뒤에서 만득이의 외치는 소리가 들리는가 싶더니 그림자 하나가 바람처럼 쌀례를 스치고 지나갔다.

만득이는 막대기를 곧추세우고는 벌 떼같이 몰려드는 왜구들의 앞을 가로막았다.

　"못 가! 우리 마을에 가지 마!"

　손에 칼을 든 왜구 하나가 어이없다는 듯이 픽 웃었다. 그는 험상궂은 얼굴로 알아들을 수 없는 소리를 씨부렁거리더니 칼을 앞으로 쭉 뻗었다. 왜구의 칼이 커다랗게 원을 그리며 허연 빛을 뿌린 순간, "으악!" 하고 만득이가 처절한 비명을 지르며 앞으로 털썩 고꾸라졌다. 막대기가 떼구루루 굴러가다 멈추고 시뻘건 피가 콸콸 쏟아져 나와 땅바닥을 적셨다.

　"왜, 왜구! 왜, 왜, 왜구……."

　만득이는 쓰러진 채 막대기를 집으려고 안간힘을 쓰다가 그대로 고개를 떨구더니 더 이상 움직이지 않았다.

　쌀례는 다리가 후들후들 떨렸다. 너무나 무섭고 끔찍해서 비명도 나오질 않았다. 도깨비 같은 왜구들의 흉악한 모습과 피투성이가 되어 죽은 만득이……. 무서운 꿈을 꾸고 있는 것 같았다. 도망을 가야겠는데 한 발자국도 움직여지지 않았다.

　만득이를 처참하게 죽인 왜구가 피 묻은 칼을 만득이의 옷에다 쓱쓱 문질러 닦고 나서 쌀례 앞으로 다가왔다. 그는 쌀례의 머리채를 휘어잡고 얼굴을 들여다보더니 무어라 알아들을 수 없는 소리를 씨부렁거렸다. 잡아다가 배에 실으라고 했는지 삐삐 마른 왜구 하나가 득달같이 달려와 쌀례의 팔을 잡아끌었다.

쌀례는 정신이 번쩍 들었다. 왜구들에게 끌려가선 안 된다는 생각뿐이었다. 쌀례는 왜구의 사타구니를 냅다 걷어찼다.

"으악!"

왜구가 아랫배를 움켜쥐고 쩔쩔매는 사이 쌀례는 번개같이 바다로 뛰어들었다. 왜구들이 고래고래 고함을 치며 우르르 뒤쫓아왔다. 그러나 아무도 차디찬 바닷속으로 뛰어들지는 않았다.

쌀례는 바닷속으로 자맥질하여 선창에서 멀리 벗어났다. 물이 차가워서 이가 딱딱 마주쳤다. 추위가 뼛속까지 파고들었다. 그러나 몸을 더욱 떨리게 하는 것은 물의 차가움이나 추위보다는 왜구들에 대한 공포였다. 왜구들은 사람의 탈을 썼지만 짐승만도 못한 악마들이라는 말을 귀에 못이 박히도록 들어 왔었다.

쌀례는 턱에 닿은 숨을 고르며 마을 쪽을 쳐다보았다. 벌써 불길이 치솟고 있었다. 불길을 보자 마음이 조급해졌다. 어머니가 걱정이었고, 아버지와 오빠들도 어떻게 되었는지 알 수가 없어서 불안했다.

'아, 부처님!'

쌀례는 붙잡혀 있는 아버지의 배를 향해 소리 없이 헤엄치기 시작했다. 물속에서 왜구가 흉칙스런 모습으로 불쑥 솟아오를 것만 같은 불안감이 머리끄덩이를 잡아당겼다.

바다가 어둑어둑해진 것이 그나마 다행이었다. 치맛자락이 몸에 휘감겨 헤엄치기가 힘들었지만 워낙 능숙했기 때문에 가까스로 아버지의 배에 오르는 데 성공할 수 있었다.

아버지가 뱃전에 쓰러져 있었다.

"아버지!"

쌀례는 째진 목소리로 울부짖으며 아버지를 안아 일으켰다. 그러나 아버지는 이미 피투성이가 된 채 차디차게 식어 있었다.

"쌀례야! 쌀례……."

고물 쪽에서 꺼져 가는 듯한 소리가 들렸다. 둘째 오빠 영식이가 쓰러져 신음하고 있었다. 역시 피투성이였다.

"오빠! 이게 웬일이에요, 네?"

쌀례는 오빠를 부둥켜안고 울음을 터뜨렸다.

"이, 이 위험한 델…… 뭐 하러 와, 왔냐?"

영식 오빠의 숨소리가 점점 희미해졌다.

"큰오빠? 삼식 오빠? 다 어디 가고 안 보여요, 네?"

"혀, 형님도…… 삼식이도…… 다 주, 주, 죽었다. 어, 어머닌…… 어머……."

영식 오빠의 몸이 빳빳하게 긴장을 하는가 싶더니 곧 축 늘어졌다. 눈을 안타깝게 부릅뜬 채 숨이 끊어졌다.

"오빠! 영식 오빠!"

쌀례는 죽은 오빠를 부둥켜안고 울부짖으며 몸부림을 쳤다. 거짓말 같았다. 이럴 수는 없었다. 이렇게 거짓말처럼 아버지와 사랑하는 오빠들이 죽어 버리다니, 정말 이럴 수는 없었다.

"개 같은 왜구 놈들!"

쌀례는 핏발 선 눈을 찢어지도록 부릅뜨고 주먹을 불끈 쥐었다. 증오심으로 몸이 부들부들 떨렸다. 아버지와 오빠들을 이렇게 처참하게 죽인 왜구들을 모조리 갈기갈기 찢어 놓고 싶었다.

멀리 마을에서 비명 소리가 들렸다. 마을은 이미 불바다였다. 그 불길 속에서 어머니의 처절한 비명 소리가 들리는 것 같았다.

쌀례는 다시 바다로 뛰어들었다. 이제 어머니를 구해야 한다는 생각뿐이었다.

분주하게 오가고 있는 왜구들의 눈을 피해 물개바위 뒤의 지름길로 올라섰다. 그리고 바람처럼 달리기 시작했다.

놀란 개들이 컹컹 짖으며 길길이 뛰고 있었다. 왜구 한 놈이 창으로 개를 찔렀다.

"어머니! 아버지랑 오빠들이 다 죽었어요, 다, 다……."

쌀례는 흐르는 눈물을 주먹으로 씻었다. 불길에 휩싸인 순례 언니네 집 마당에 사람들이 어지럽게 쓰러져 있었다. 네 살밖에 안 된 막둥이의 시체도 보였다.

"사람 살려!"

순례 언니의 울부짖는 소리가 들렸다. 왜구 두 놈이 순례를 질질 끌고 가고 있었다.

지옥이 따로 없었다.

닥치는 대로 찔러 죽이고, 베어 죽이고, 약탈하고, 불 지르고, 여자들을 개처럼 질질 끌고 가고…….

피비린내, 불길, 연기, 비명 소리, 울음소리, 신음 소리에 킬킬 웃어 대는 왜구들의 웃음소리, 개 짖는 소리와 살려 달라는 애원 소리들이 한데 섞여 있는 왜구들이 날뛰고 있는 임포가 바로 지옥이었다.

걸레 스님

"이보게, 삼허."

삼덕 스님이 바랑을 둘러메는 걸레 스님의 장삼 자락을 붙잡았다.

"내가 자네에게 무얼 서운하게 대했는가? 곡차 생각이 나서 그러나?"

술 얘기가 나오자 걸레 스님은 입맛을 쩝쩝 다셨다.

"허, 그 말을 듣고 보니 정말 목이 컬컬해집니다그려. 이놈의 목구멍을 포도청이라고 하더니, 사형에게는 내 목구멍이 열린 지옥 문으로 보이겠지요?"

"사람! 자네의 불심을 내가 아는데 어찌 그런 생각을 하겠는가."

"불심? 술 항아리 속에서나 부처님을 만나는 땡추에게 불심은 무슨 얼어 죽을 불심이란 말입니까."

걸레 스님의 너털웃음 소리에 놀랐는지 동백 숲에서 새 떼들이 화드득 달아났다.

"그래, 꼭 가야겠는가?"

"예."

"가는 사람 붙잡지 말라고 했으니 내 더 이상 안 말리겠네만, 자네 그 옹고집은 여전하네그려. 겨울나기엔 은적암보다 여기 영구암이 훨씬 더 나을 텐데……. 여긴 겨울에도 물이 얼지 않는다는 걸 자네도 알지 않는가."

"뭇 중생들이 아수라장 같은 세상에서 허덕이고 있는데 어찌, 내 한 몸의 편함을 구하겠습니까? 사형 얼굴을 보았으니 그리움의 갈증을 풀었고 이 길로 가서 올겨울은 산에 묻히렵니다."

"사람, 참! 꼭 갈 테면 더 어두워지기 전에 어서 떠나게."

말은 떠나라고 하면서도 삼덕 스님은 부여잡은 걸레 스님의 손을 차마 놓지 못하고 있었다. 근 일 년 만에 만난 동문 사제를 이렇게 선걸음으로 보내기가 너무나도 아쉬웠던 것이다.

원래 걸레 스님과 영구암의 삼덕 스님은 한 스승 밑에서 수도한 동문이었다. 조계산 송광사의 월정 큰스님을 스승으로 모시고 불도에 정진하다가 각각 수도할 곳을 찾아서 흩어지게 된 것이었다.

삼덕 스님은 천성이 착하고 인자하였기 때문에 걸레 스님이 특히 존경하고 따르는 분이었다. 공부하기를 워낙 좋아하여 일찍이 금오산 영구암에 자리를 잡고 경전 속에 묻혀 살았는데 스승인 월정 큰스님도 그가 학문을 크게 이룰 것이라고 예언을 했을 정도로 법과 덕이 높았다.

한편 걸레 스님은 속명이 김원명이었고 조부가 이조참판을 지낸 명문대가의 자제였다. 한때 오 세 신동이라는 별명이 장안에 파다하게 퍼질 정도로 가문과 주위 사람들의 기대를 한 몸에 받았으나 커 가면서 벼슬아치들이 하는 짓에 환멸을 느끼기 시작했다. 가엾은 백성들은 어떻게 되든 관심이 없고 오직 자기네 잇속 차리기에 혈안이 된 썩은 관리들이 싫었던 것이다. 그래서 책을 팽개치고 집을 뛰쳐나온 걸레 스님은 전국의 명산을 구름처럼 떠돌았다. 그러다가 조계산에서 월정 스님을 만나 머리를 깎고 삼허란 법명을 받기에 이르렀다.

걸레 스님은 '삼허'라는 법명을 대단히 만족해했다. 계명의 굴레를 벗어나고, 득도의 욕심을 비우고, 생명에 대한 미련마저 버린다. 이것이 바로 삼허라는 법명의 속뜻이었다.

삼허 스님의 관심은 자신의 성불보다는 힘없는 백성들 편에 있었다. 백성들 속에서 술과 고기를 가리지 않으며 어울렸고 스스로를 걸레라고 부르며 악인을 만나면 싸움도 마다하지 않았다. 중생들을 구하는 길이 지옥 속에 있다면 기꺼이 지옥 속으로 뛰어들어가 맨 마지막까지 남아 있겠다고 입버릇처럼 말하였고, 그것을 몸으로 실천하였다. 그는 또 검술이 뛰어난 무예의 고수이기도 했다.

"형님, 부디 성불하십시오."

걸레 스님은 합장을 하였다.

"행운유수라더니, 삼허 자네야말로 구름이요, 물일세그려. 불쑥 나타났다가 이렇게 선걸음으로 불쑥 떠나다니……. 잘 가게."

삼덕 스님은 걸레 스님과의 헤어짐이 못내 아쉬운 모양이었다. 부여잡은 걸레 스님의 손을 여전히 놓지 못하고 있었다.

"바람이 불면 또 오겠습니다. 잘 계십시오, 사형."

걸레 스님은 총총히 영구암을 떠났다.

영구암은 깎은 듯한 천길 낭떠러지 위에 제비 집처럼 위태롭게 붙어 있는 암자였다. 오르내리는 길이 매우 가파르고 비좁았다. 그러나 걸레 스님은 평지처럼 휘적휘적 걸어 내려갔다.

'그 녀석은 잘 있는지 모르겠다.'

걸레 스님은 묘남이를 떠올렸다. 제 아비, 어미 죽은 지 두 달이 넘도록 아직 정신이 돌아오지 않고 있어서 걱정이었다.

'어린것이 얼마나 통한이 사무쳤으면…….'

걸레 스님은 혀를 끌끌거렸다. 생각할수록 묘남이가 측은하였다. 생각 같아서는 여우산을 다 뒤져서라도 묘남이의 아비를 해친 구미호를 잡아내 원수를 갚아 주고 싶었다. 그러나 그러기에는 여우산의 옷자락이 너무나 넓고 골이 깊었다. 그리고 그것은 전생의 업연이 그리 얽힌 것이므로 사람의 힘으로는 어찌할 수가 없는 일이기도 했다. 결자해지라는 말도 있듯이 이 헝크러진 운명의 실타래를 풀어 내는 것은 묘남이의 몫으로 남겨진 과제라고 해야 옳았다.

"어, 저것은?"

갑자기 스님의 눈이 화등잔만 해졌다. 멀리 임포에서 불길이 치솟고 있는 것이 눈에 들어왔다.

"웬 불일꼬? 마을이 다 타고 있는데……."

예사로운 불길이 아니었다. 마을의 집이란 집은 모조리 다 불타고 있는 것이 분명했다.

'혹시, 왜구가?'

마음이 조급해졌다. 금성포가 왜구들에게 쑥대밭이 된 게 불과 넉 달 전인데 임포에 또 나타났다면 그 곳 백성들이 당할 고초가 이만저만이 아닐 것이었다.

'안 돼! 안 돼!'

걸레 스님은 어둠 속을 바람처럼 달리기 시작했다.

마을로 들어서기도 전에 피비린내가 코를 찔렀다. 시뻘건 불꽃이 혀를 날름거리며 치솟고 있는 가운데 여기저기 널브러진 시체들이 보이고 약탈한 식량이나 재물을 나르고 있는 왜구들도 보였다.

"이, 이런 짐승 같은 놈들!"

걸레 스님은 온몸이 와들와들 떨렸다. 박달나무 지팡이를 들고 미친 사람처럼 고샅길을 달리기 시작했다.

어린 소녀를 질질 끌고 가는 왜구 두 놈이 눈에 띄었다. 그걸 보자 눈에 불똥이 튀었다.

"게 섰거라!"

걸레 스님이 나타나자 두 왜구는 다짜고짜 칼을 휘두르며 덤벼들었다. 어깨를 향해 내리친 칼을 스님이 슬쩍 피하자 왜구는 의외라는 듯 눈을 허옇게 치떴다. 그리고 얼굴을 일그러뜨리며 알아들을 수 없는 소리로 씨부렁거렸다. 욕설이 분명했다.

옆에 섰던 왜구 한 놈이 약간 긴장한 빛을 보이며 스님의 허리를 향해 칼을 비스듬히 휘둘렀다.

"쥐새끼 같은 왜구 놈!"

스님은 공중으로 훌쩍 뛰어올라 칼을 피하고 나서 지팡이로 왜구의 머리를 후려갈겼다. '퍽.' 하는 소리와 함께 왜구가 썩은 나무토막처럼 쓰러졌다.

동료가 간단하게 죽어 넘어지는 걸 본 다른 왜구는 겁을 집어먹고 뒷걸음질을 쳤다.

"간악한 놈! 내 백성들을 숱하게 죽여 놓고도 네가 살기를 바라느냐?"

스님의 지팡이가 바람 소리를 내며 크게 원을 그리는 순간 왜구는 비명도 지르지 못한 채 그 자리에 고꾸라졌다.

"얘야, 괜찮으냐?"

걸레 스님은 사색이 되어 오돌오돌 떨고 있는 소녀를 안아 일으켰다.

"우리 아버지랑 오빠들이 죽었어요. 어머니도 죽고, 다 죽었어요, 다."

소녀는 넋 나간 사람처럼 중얼거리다가 그대로 기절하고 말

앉다.

"어찌할꼬! 이 일을 어찌할꼬!"

스님의 눈에 눈물이 흘렀다. 관의 핍박과 가난과 굶주림에
신음하며 허덕허덕 모진 목숨을 이어 온 백성들이었다. 찢어지
는 가난 속에서도 울타리 너머로 호박 풀떼기 그릇이 넘나들고
고기라도 한 마리 잡으면 아낌없이 이웃부터 돌리곤 하던 착하
고 순한 백성들이었다. 그런데 이 착한 백성들이 왜 이런 처참
한 변을 당해야 한단 말인가.

'아, 이 중생들을 어찌할꼬. 이 가엾은 중생들을 대체 누가
구한단 말인가.'

스님은 바랑을 벗고 소녀를 들쳐 업었다. 우리 백성들을 해
치는 왜구들을 한 놈이라도 더 쳐 죽이고 싶었으나 우선 산 생
명을 구하는 일이 더 시급했다.

우물을 찾아 찬물을 먹이자 소녀가 깨어났다.

"정신이 드느냐? 네 이름이 무엇이냐?"

소녀는 대답 대신 흐득흐득 흐느껴 울기 시작했다.

"울음을 그치거라. 끝나지 않는 잔치가 없듯 세상에 죽지 않
는 생명이 어디 있겠느냐. 살아 있는 모든 것이 다 헛것이니라."

스님은 소녀의 어깨를 토닥거렸다.

"저런! 옷이 젖었구나."

스님은 장삼을 벗어 소녀에게 걸쳐 주었다. 형편없이 떨고
있는 소녀가 안쓰러웠다.

"날 따라가겠느냐? 상처 입은 마음을 치료하려면 이 마을을 떠나는 게 좋겠구나."

걸레 스님은 소녀의 대답도 듣지 않고 다시 들쳐 업었다. 은 적암은 단칸방인 데다 사내아이인 묘남이가 있어서 여자아이를 데려가기가 난감했다. 그러나 지금은 그런 것을 따지고 있을 겨를이 없었다. 어른들도 견디기 힘든 엄청난 일을 당한 데다가 의지할 곳마저 없는 어린 중생을 그냥 두고 갈 수는 없었다.

"절은 여자가 있을 곳이 아니니 앞으로 나와 함께 있는 동안 남자 행세를 하도록 하여라. 네 이름이 무엇이냐?"

"……쌀례."

"쌀례라, 네 집도 쌀밥이 원이었던 모양이구나."

스님은 쓸쓸하게 웃었다.

"앞으로 네 이름은 미산이다. 알겠느냐, 미산아? 아, 극락정 토란 대체 어디에 있는 것일꼬……."

걸레 스님은 소녀를 등에 업고 허정허정 걷기 시작했다. 길 은 어둡고 춥고 쓸쓸하고 또 멀었다. 어린 중생의 한이 맺힌 탓 인지 조각달의 눈빛도 싸늘하기만 했다.

방죽포의 어느 주막에서 소녀에게 밥을 먹였다. 어찌어찌 사내아이 옷을 한 벌 구해 갈아 입히고 스님은 막걸리 사발을 벌컥벌컥 비워 댔다. 술 취하지 않고는 어린 소녀의 슬픈 눈빛 을 차마 볼 수가 없었던 것이다.

뭔

아침부터 하늘이 잔뜩 찌푸려 있더니 이내가 내릴 무렵이 되자 기어이 눈이 쏟아지기 시작하였다. 처음에는 마치 봄바람에 떨어지는 배꽃 잎처럼 한 잎, 두 잎 시작하다가 곧 하늘을 가릴 듯한 함박눈으로 변했다. 땅바닥이 금방 하얘지고 삽시간에 나무들도 새하얗게 눈을 뒤집어썼다.

함부로 내려 쌓이는 눈을 고스란히 맞으며 돌부처처럼 우두커니 앉아 있는 한 소년이 있었다. 머리는 자랄 대로 자라서 쑥대밭 같았고 입고 있는 옷 역시 누더기여서 거렁뱅이나 다름없는 모습이었다. 소년은 곧 눈을 하얗게 뒤집어써서 눈사람처럼 되었다. 그래도 소년은 움직일 줄을 몰랐다.

노루 한 마리가 껑충거리며 나타났다. 무섭게 쏟아져 내리는 눈에 놀랐는지 겁먹은 동그란 눈을 뒤룩거리고 있었다.

노루가 나타나도 소년은 꼼짝도 하질 않았다. 오히려 노루가 신기한 듯 눈을 말똥거리며 소년을 구경하고 있었다.

인기척이 났다. 노루가 콩 튀듯 후닥닥 달아나고 크음 기침 소리와 함께 남루한 차림의 스님 한 사람이 나타났다.

"이놈아, 또 그러고 있느냐?"

스님은 소년의 머리와 옷에 수북이 쌓인 눈을 툭툭 털어 주었다.

"들어가자. 눈이 많이 오시려나 보다."

스님은 걸레 스님이었다. 그리고 소년은 묘남이었다. 묘남이는 아버지와 어머니가 죽은 지 넉 달이 넘도록 아직도 정신이 돌아오지 않고 있었던 것이다.

"어서 안으로 들어가자니까 그러는구나. 이놈아, 제발 정신을 좀 차리거라. 너 때문에 나나 미산이까지도 어떻게 될 것 같구나. 미산이는 그래도 용케 마음을 되찾았는데……."

걸레 스님은 묘남이를 억지로 안아 일으켰다.

묘남이가 걸레 스님에게 끌려 허깨비처럼 허정허정 사라지자 눈에 덮인 다복솔 뒤에서 한 소녀가 조심조심 모습을 드러냈다. 사람으로 변신한 은빛 여우 미랑이었다.

미랑은 묘남이가 사라진 암자 쪽을 하염없이 바라보며 눈물을 글썽였다.

'그 씩씩하던 도령이 왜 저렇게 되었을까? 어떻게 하면 도령이 예전의 모습을 되찾을 수가 있을까?'

미랑은 손가락 끝으로 눈물을 찍어 내고 입술을 꼬옥 깨물었다. 어떤 수를 쓰든지 묘남 도령의 정신을 되찾게 해 주고 싶었다. 도령을 예전처럼 헌걸찬 대장부로 되돌려 놓을 수만 있다면 어떤 희생이라도 치를 수 있을 것 같았다. 불 속이라도 뛰어들 수 있고 칼산, 얼음 구덩이 속이라도 뛰어들 수 있고 목숨이 필요하다면 목숨이라도 내놓을 수 있었다. 미랑은 도령을 자신의 목숨보다 더 사랑했다.

'백년 산삼이 있다면 도령을 구할 수 있을까?'

얼핏 스쳐 가는 생각이었다. 어머니의 말에 의하면 백년 이상 묵은 산삼은 죽은 사람도 살릴 수가 있는 보물이었다. 그리고 그것을 여우가 먹게 되면 사람의 해골바가지를 쓰지 않고도 사람으로 변신할 수가 있을 뿐만 아니라 다시는 여우가 되지 않고 영원히 사람이 될 수 있다는 것이었다.

'백년 산삼을 구해야 돼. 무슨 수를 써서라도 구해야 돼.'

미랑은 해골바가지를 벗어 던졌다. 그러자 곧 한 마리의 은빛 여우가 되었다. 은빛 여우는 동굴을 향해 달리기 시작하였다. 이제 미랑은 사람이 되고 싶은 욕심보다는 묘남 도령에게 맑은 정신을 되찾게 해 주고 싶은 욕심이 더 앞서 있었다. 그 밖의 일은 나중에 생각할 문제였다.

미랑이 나타나자 늙은 구미호는 눈이 찢어지도록 부릅떴다.

"이 망할 년! 또 어디를 갔다 오는 거냐? 또 거길 갔었느냐?"

미랑은 고개를 푹 숙였다. 어머니를 대할 면목이 없었다.

"몇 번을 말해야 알아듣겠느냐? 은적암엔 귀신보다 무서운 늙은이가 있어서 위험하다고 했지 않느냐. 걸레란 중에게 들키면 어쩌려고 그런 짓을 하느냐 말이다, 응?"

할 말이 없었다. 미랑은 어머니가 자기를 얼마나 사랑하는지를 알고 있었다. 어머니는 사람이 되고 싶어하는 딸의 소원을 이루어 주기 위해 목숨을 걸고 사람의 간을 수없이 구해 왔다. 백 일 동안 음식을 입에 대지 않고 딸이 사람 되게 해 달라는 원을 빌기도 했다. 늙은 어머니는 딸이 좋아하는 것을 보는 게 가장 좋았고 그것이 가장 큰 소원이었다. 천 번 만 번 생각해도 어머니의 정성과 은혜는 하늘보다 높았다. 그런데 정작 자기는 묘남이라는 도령에게 정신이 팔려 어머니를 속이고 있는 것이었다.

"말해 봐라. 앞으로 또 은적암을 기웃거릴 테냐? 어서 말해 보라니까."

"……."

"왜 대답이 없냐? 또 가겠다는 거냐?"

"……."

"이것아, 제발 속 좀 차리거라. 송충이는 솔잎을 먹고 살아야 한다는 인간들의 속담도 모르느냐? 여우가 어떻게 사람을 넘본단 말이냐. 설혹 우리의 정성이 하늘에 닿아 네가 영원히 사람이 된다고 치자. 그래도 너의 근본은 어디까지나 여우가 아니냐? 너 때문에 간을 잃고 죽어 간 사람들이 몇이냐? 만약

에 말이다 여우와 인간들 사이에 싸움이라도 벌어진다면 너는 누구의 편을 들겠느냐? 설마한들 이 어미와 형제들을 버리고 인간의 편에 서는 건 아니겠지?"

"안 돼요, 어머니! 싸움은 안 돼요."

미랑은 가슴이 아팠다. 정말이지 싸움은 안 되었다. 만에 하나라도 여우들과 묘남 도령 사이에 싸움이 벌어진다면 그것은 무서운 일이 아닐 수 없었다. 어머니를 위해 사랑하는 묘남 도령과 적이 될 수도 없는 일이었고 그렇다고 도령을 위해 하늘 같은 어머니의 은혜를 배신할 수는 더더욱 없는 일이었다. 그러므로 여우와 인간의 싸움은 어떤 일이 있더라도 일어나서는 안 되었다. 그러나 미랑은 마음 한구석이 켕기고 심히 불안했다. 사람들에게 이미 너무나 많은 죄를 지었다. 사람이 되려는 자신의 원 때문에 벌써 세 명이나 되는 죄 없는 사람들의 목숨이 이슬처럼 사라져 간 것이었다.

"어머니, 백년 산삼을 구해 주세요. 그러면 사람의 간을 더 이상 먹지 않아도 되잖아요."

"백년 산삼이라고?"

늙은 구미호는 힘없이 픽 웃었다. 그런 어머니가 너무도 늙고 쇠약해 보여서 미랑은 가슴이 아팠다.

"이것아, 그걸 네 말처럼 그렇게 쉽게 구할 수만 있다면 내가 왜 이러고 있겠느냐."

구미호는 한숨을 푹 내쉬었다. 그는 딸의 속셈을 이미 꿰뚫

고 있었다. 백년 산삼은 구할 수도 없거니와 설혹 천운을 얻어 구한다 하더라도 딸은 자신이 먹지 않고 묘남이라는 인간의 아이에게 바칠 것이 분명했다.

'몹쓸 것! 하필이면 그 아이를…….'

늙은 구미호는 불안했다. 은적암의 장묘남이라는 아이는 한가위 바로 전날 자신에게 간을 빼앗기고 죽은 등짐장수의 아들이었다. 그러므로 미랑은 그에게는 원수의 딸이었다. 그런데 딸은 그것도 모르고 묘남에게 반해서 넋을 잃고 있는 것이었다.

'사실을 밝히고 포기를 하게 할까?'

이런 생각을 하다가 구미호는 고개를 설레설레 내저었다. 딸에게 아픔을 줄 수는 없었다. 희망의 설렘이 없는 생활, 아무리 짐승이라고는 하지만 그런 생활은 너무나 무의미했다. 자신은 그렇게 살아 왔지만 적어도 딸에게만은 그런 삶을 살게 만들고 싶지 않았다. 미랑이 사람이 되고 싶어하고 그래서 묘남이란 아이의 사랑을 얻고 싶어하는 것은 결국 희망이요, 삶의 이유였다. 결코 꺾을 수 없었다. 그는 이 세상에서 딸 미랑을 가장 사랑하였고 딸이 좋아하는 모습 보는 것을 가장 좋아했다. 그러므로 결코 딸에게 실망과 슬픔을 안겨 줄 수는 없었다.

"아가, 미랑아."

늙은 구미호는 딸을 가만히 감싸 안았다.

"백년 산삼은 이야기 속의 영물이라 정말로 있는 건지 없는 건지 모를 뿐 아니라 설혹 있다 하더라도 아주 깊고 험한 산속이 아니겠느냐. 이 어민 이제 늙어서 그럴 힘이 남아 있지 않구나."

미랑은 잠자코 눈 내리는 하늘을 바라보고 있었다. 그러다가 조용히 그러나 야무지게 말했다.

"제 힘으로 구하겠어요. 반드시 그걸 구해서……."

미랑은 말을 끝맺지 못했다. 백년 산삼을 구해서 묘남 도령의 정신을 돌아오게 하겠다는 말은 어머니에게 차마 할 수가 없었다.

"이것아. 네까짓 어린 게 어떻게 그 영물을 구한단 말이냐. 지리산이나 설악산, 금강산 같은 멀고 험한 데를 네가 갈 수 있단 말이냐? 저 눈 쌓인 걸 봐라. 저 눈이 무섭지도 않다는 말이냐?"

"네, 어머니. 가겠어요. 어떤 일이 있어도!"

미랑의 눈빛은 파랗게 이글거리고 있었다. 그걸 보며 늙은 구미호는 쓸쓸하게 웃었다.

"그럴 줄 알았다. 넌 여전히 네 생각밖에 안 하는구나."

"죄송해요, 어머니. 전 어머닐 사랑해요. 그렇지만……."

"됐다, 됐어. 됐으니 그만 해라. 날 사랑한단 말을 들으니 새 힘이 솟는구나. 널 보내고 마음을 졸이느니 차라리 내가 다녀오겠다."

"어머니! 어머닌……."

미랑이 울먹이자 구미호는 빙그레 웃었다.

"됐다는데도 그러는구나. 이 어미가 누구냐. 호랑이도 안 무섭고 사람 아니 산신령도 안 무섭다. 여기서 가만히 기다리고 있거라. 내가 돌아올 때까지 은적암 근처엔 얼씬거리지도 말고. 걸렌가 삼헌가 하는 중의 눈에 띄면 십 년 공부 도로 아미타불이 된다. 명심해라, 그 중은 보통 사람이 아니야. 이 어미도 그 사람만큼은 어찌 해 볼 수가 없단다."

걸레 스님에 대해 말하는 늙은 구미호의 얼굴엔 불안의 빛이 가득했다.

"저도 함께 가겠어요, 어머니."

"안 돼! 길이 얼마나 험하고 위험한데 그러느냐. 넌 안 돼. 여기 있어."

늙은 구미호는 서둘러 굴을 나섰다. 딸이 함께 가겠다고 떼를 쓸까 봐 두려웠던 것이다.

'어머니!'

미랑은 눈물을 삼켰다. 이 세상에 어머니처럼 자기를 생각해 주는 분이 또 어디 있을까. 어머니에 대한 고마움이 새삼 뼛속 깊이 사무쳤다. 그러나 그럴수록 그런 어머니에 대한 죄스러움으로 가슴이 찢어지는 듯했다.

'난 왜 자꾸 어머니를 가슴 아프게 하면서 살까?'

미랑은 어머니가 사라진 굴 밖을 내다보았다. 어지럽게 쏟아지는 함박눈으로 한 치 앞도 분간할 수가 없었다. 몇 년 들어

처음 보는 무서운 눈이었다.

쌀례는 목검을 쥐고 허공의 한점을 쏘아보았다. 하늘을 가릴 듯 어지럽게 쏟아지고 있는 함박눈이 보이질 않고 핏발 선 눈에서 무서운 광채가 쏟아져 나왔다.

'원수! 이 원수들!'

쌀례는 이를 악물었다. 눈앞에 수많은 왜구 떼가 우글거리고 있었다. 그들은 집에다 불을 지르고 마을 사람들을 닥치는 대로 죽였다. 노인들도 죽이고 여자들도 죽이고 젖먹이 어린애까지 무참하게 죽였다.

왜구 한 명이 창으로 어머니를 찔렀다. 어머니는 두려움에 질린 눈을 크게 뜬 채 잠시 바들바들 떨다가 그대로 숨을 거두었다. 왜구는 숨진 어머니를 또 찔렀다.

'죽일 거야! 모조리 죽일 거야!'

쌀례는 이를 빠드득 갈았다. 피투성이가 되어 숨이 끊어진 아버지와 갑식, 영식 오빠의 처참한 모습이 눈앞에 아른거렸다. 바다에 뛰어들어 허우적거리다가 안타깝게 물속으로 가라앉는 삼식 오빠의 모습이 눈앞에서 사라지지 않았다. 칼을 맞고 피를 콸콸 쏟으며 죽어 가던 만득이의 처절한 비명 소리가 귀에 생생했다.

'개자식들, 죽일 거야! 죽일 거야!'

쌀례는 목검을 마구잡이로 휘둘렀다. 숨이 차 오르고 입에서 단내가 나도록 마구 휘두르고 또 휘둘렀다.

'죽어랏! 이 원수들, 죽어랏!'

미친 듯이 목검을 휘둘러 대던 쌀례가 이윽고 지쳐서 주저앉았다. 턱에 닿은 숨을 고를 사이도 없이 쌀례는 흐득흐득 흐느껴 울기 시작했다. 어머니가 보고 싶었다. 아버지도 보고 싶고 갑식 오빠, 영식 오빠, 삼식 오빠, 징그럽고 귀찮기만 하던 만득이까지도 모두모두 보고 싶었다. 어리광을 피우고 떼를 쓰고 하면서 귀염을 받고 싶었다. 그러나 그들은 이제 모두 죽고 없는 사람들, 다시는 만날 수가 없었다.

"어머니!"

마침내 쌀례는 소리 내어 울부짖기 시작하였다.

"아버지! 큰오빠, 작은오빠, 삼식 오빠……."

혼자라는 외로움이 무섭고 슬퍼서 피를 토하듯 섧게 섧게 울었다.

"또 여기서 이러고 있느냐? 그만 진정하거라."

따뜻한 목소리와 함께 묵직한 손 하나가 쌀례의 어깨에 얹혔다. 걸레 스님이었다.

"네 한이 너무 깊어서 내가 어찌 할 수가 없구나."

스님은 쌀례를 안아 일으켰다.

"아가, 미산아. 네 피맺힌 한을 내 어찌 모르겠느냐. 왜구들의 소행을 생각하면 나도 치가 떨린다. 우리 백성들의 눈에 피눈물 나게 하는 그놈들을 나 또한 갈기갈기 찢어서 죽이고 싶구나. 산문 사람들은 살생을 금하게 되어 있다만 그놈들을 죽이는 것은 또다른 살생을 막는 것이니만큼 선한 중생들을 위한 공덕, 부처께서도 용서하실 줄 믿는다."

"……."

"내가 너에게 검술을 가르치려 하는 뜻은 너 하나의 원수를 갚으라는 것이 아니고 왜구들로부터 우리 백성들을 지키는 데 쓰기 위함이라는 말, 잊은 건 아니겠지?"

"……."

"아가, 미산아. 사람의 안에는 두 개의 내가 있느니라. 자신과 가족밖에 모르는 작은 나 그리고 좋은 세상과 보다 많은 사람들의 행복을 염려하는 큰 나, 다시 말해서 소아와 대아가 그것이니라. 소아를 따르면 작은 검이 되고 대아를 따르면 큰 검이 된다. 큰 검이 되려면 우선 마음이 눈처럼 희어야 하느니라. 그러니 어서 마음 속에 쌓인 원한을 잊고 평상심을 되찾도록 노력하여라. 내 말, 알겠느냐?"

"……네, 스님."

쌀례는 입술을 깨물며 아주 작은 소리로 그러나 분명하게 대답하였다.

"묘남이가 걱정이구나. 그런 평지풍파를 당했으니……. 그놈만 정신이 돌아와 준다면……."

걸레 스님은 한숨을 길게 내쉬었다.

"네 이름은 장묘남이다. 네 이름이 무엇?"

걸레 스님이 묻자 묘남이는 입을 헤벌리고 그냥 웃기만 했다. 퀭하니 열린 눈에 초점이 없어서 바보스러워 보였다.

"네 이름이 무엇인지 묻지 않느냐?"

걸레 스님은 안타까웠다. 허우대는 멀쩡한 녀석이 도무지 정신이 돌아오질 않는 것이다.

"이 녀석아, 네 이름은 장묘남, 장묘남이가 네 이름이란 말이다. 네 나이는 이제 열넷, 아비 어미 죽은 지가 언젠데 아직도 이러고 있느냐? 얼른 정신이 돌아와야 검술을 배우고 그래야 네 놈 맺힌 한을 풀든가 말든가 할 거 아니냐?"

걸레 스님은 마침내 고함을 쳤다. 옆에 섰던 쌀례가 고개를 돌리며 슬그머니 사라졌다.

"자, 검을 잡아라."

스님은 목검을 묘남의 손에다 쥐어 주었다. 묘남이는 아비를 닮아 기골이 장대하고 힘이 세기 때문에 잘 다듬기만 하면 큰일을 해낼 재목이 틀림없었다. 잘 가르쳐서 원통하게 죽은 장 서방 내외의 맺힌 원과 한을 풀어 주고 싶었다. 그리고 관의 핍박에다 왜구들마저 들끓어 어지러운 이 때에 힘없는 중생들을 위해 크게 쓰고 싶었다. 좋은 체격 조건에다 자질이 있어 보이는 묘남이는 검술에 대한 집념이 강한 쌀례와 더불어 천하무적의 쌍검을 이룰 것이 분명했다.

"자, 칼자루는 무명지부터 차례로 감싸 올리면서 쥐고 힘을 발끝과 칼끝에 알맞게 나누어서 모아야 한다."

걸레 스님은 부질없는 짓이라는 것을 알고 있으면서도 칼자루 잡는 법을 시범으로 보여 주었다. 혹시나 하는 마음에서였다. 걸레 스님은 정신이 나간 사람도 본능적으로 검법을 펼치는 것을 종종 보아 왔던 터였다. 묘남이가 그렇게라도 검술을 익혀 주었으면 하는 마음이 간절했다. 검술을 익히다 보면 새로운 집중력이 생길 것이고 그러다 보면 언젠가는 맑은 정신이 다시 돌아올 것이었다.

"헤헤헤헤……."

갑자기 묘남이가 침이 흐르는 입술 사이로 바보스런 웃음을 흘리더니 목검을 그러쥐었다. 걸레 스님은 묘남이의 눈에서 순간적으로 번뜩 스쳐 가는 날카로운 광채를 놓치지 않았다.

'오, 저 눈빛!'

걸레 스님은 가슴이 뛰었다. 그 눈빛은 검술의 고수가 아니고는 흉내도 낼 수 없는 강렬하고도 날카로운 것이었다. 잠시 스쳐 지나간 그 번갯불 같은 눈빛은 묘남이에 대한 기대를 새삼스럽게 더욱 높여 주었다.

"헤헤헤, 여우! 여우!"

묘남이가 목검으로 아름드리 소나무의 허리를 후려갈겼다. 눈 녹은 물이 후두두 떨어져 내렸다.

"여우다! 여우, 여우다!"

묘남이는 목검을 팽개치고 숲 속으로 뛰어 들어갔다.

"아아!"

스님의 입에서 절망스런 한숨 소리가 흘러나왔다. 역시 부질없는 짓이었고 기대였다.

걸레 스님은 법당 안으로 들어갔다. 금칠도 하지 않은 나무 불상이 언제나처럼 자비스런 미소를 짓고 있었다.

"부처님!"

그는 자신의 손으로 깎아 세운 나무 불상을 향해 합장을 하였다.

"나는 관계 없으니 나를 버리고 대신 저 어린 중생에게 빛을 돌려 주십시오. 저 가없은 중생을 구제하여서 그로 하여금 뭇 중생을 구제토록 해 주십시오."

걸레 스님은 나무 부처 앞에서 간절한 원을 세웠다.

백년 산삼

묘남이는 눈이 녹아 질척거리는 숲 속을 미친 사람처럼 닥치는 대로 뛰어다니고 있었다. 젖은 옷과 이마에서도 김이 허옇게 피어 오르고 있었다.

그리고 묘남이의 뒤를 몰래 쫓으며 지켜보고 있는 미랑의 얼굴에도 김이 오르고 있었다.

"헤헤헤, 우헤헤헤헤……. 여우, 여우!"

묘남이는 제정신이 아니었다. 굵은 나뭇가지를 우지끈 부러뜨려 놓기도 하고 돌멩이를 주워서 바윗돌이나 나무둥치에다 팔매질을 하기도 하였다. 그러다가 눈 녹은 물에 흠뻑 젖은 땅바닥을 멧돼지처럼 뒹구는가 하면 벌떡 일어나서 다람쥐처럼 나무 사이를 뛰어다니기도 했다.

미랑은 손에 땀을 쥐었다.

'저러다가 낭떠러지 아래로 굴러 떨어지기라도 한다면…….

스님은 뭐 하는 거지? 도령을 저렇게 혼자 내버려 두고……'

걸레 스님을 탓하다가 미랑은 쓴웃음을 지었다. 걸레 스님이 붙잡기에는 묘남 도령이 너무나도 재빠르고 민첩했다. 문득 미산이라는 사람의 얼굴이 떠올랐다. 미산은 남자 옷을 입었지만 여자가 분명했다. 얼굴도 보통 예쁜 것이 아니었다. 그러나 미산은 검술에만 미쳐 있고 묘남 도령에게 관심이 없는 눈치여서 적이나 안심이었다.

묘남이가 벼랑 쪽으로 가고 있었다.

'아, 그만두세요, 네?'

바람끝이 아직 칼날 같은데도 몸에 땀이 배었다. 당장 뛰어나가 묘남 도령을 붙들고 싶은 마음이 굴뚝 같았다. 옷에 묻은 황토를 털어 주고 싶고 땀과 흙으로 얼룩진 얼굴을 닦아 주고 싶고, 벌겋게 얼어붙은 손을 입으로 호호 불어 녹여 주고 싶었다. 포근하게 안아 주고 싶었다. 그러나 그것은 마음일 뿐 미랑은 그러지를 못했다. 묘남 도령이 자기를 보면 놀라서 어떤 짓을 저지를지 알 수 없기 때문이었다. 전에도 그런 일이 있었다. 미랑을 보자마자 묘남이는 눈을 하얗게 까뒤집으면서 까무러쳤던 것이다.

'제발 암자로 돌아가세요, 네? 곧 어머니가 백년 산삼을 구해 오실 거예요. 그 때까지만 제발 얌전하게 있어 주세요, 네?'

미랑은 초조하게 발을 동동거렸다. 낭떠러지 위를 위태위태하게 걸어가고 있는 묘남을 보는 것은 정말이지 피를 말리는 것이었다.

"으앗!"

갑자기 묘남이의 비명 소리가 들렸다.

"악!"

미랑도 비명을 질렀다. 묘남이가 비탈이 급한 언덕배기의 낭떠러지 아래로 데굴데굴 굴러 떨어지고 있었다. 질척거리는 황톳길에 발이 미끄러진 것이었다.

'아, 신령님!'

이제 미랑도 제정신이 아니었다. 묘남이가 굴러 떨어진 언덕배기 아래로 허겁지겁 내달았다.

묘남이는 눈을 감고 죽은 듯이 누워 있었다.

"도련님!"

미랑은 울부짖으며 묘남이를 끌어안았다. 눈물부터 쏟아졌다.

"정신 차리세요. 정신 차리세요, 네?"

미랑은 묘남이의 가슴에다 귀를 댔다. 쿵쿵 심장 뛰는 소리가 천둥 소리처럼 들리고, 비로소 따스한 체온이 느껴졌다.

'아, 신령님!'

또 눈물이 났다. 묘남 도령이 무사한 것이 너무도 기쁘고 고마웠다.

문득 부끄러움이 고개를 쳐들고 일어섰다. 비록 정신을 잃고 있다고는 하지만 묘남 도령은 분명 살아 있는 남자였다. 여자가 남자를 안고 있다는 것은 생각만 해도 부끄러운 일이 아닐 수 없었다. 미랑은 얼굴이 새빨개졌다. 그러나 행복했다. 이렇게 묘남 도령을 안은 채 오래오래 있고 싶었다.

'도련님이 옛날처럼 씩씩한 모습이라면 얼마나 좋을까. 아, 그 늠름하던 도련님이 왜 이렇게 되었을까?'

그래도 좋았다. 꿈속에서도 애타게 그리워하던 도령이 아닌가. 정신이야 있든 없든 그리고 몰골이야 험하든 말든 도령 옆에 잠시나마 함께 있는 것만으로도 가슴이 벅차올랐다.

미랑은 옷자락으로 묘남의 얼굴을 닦아 냈다. 때와 땀과 흙으로 범벅이 되었던 얼굴이 차츰 제 모습으로 돌아오기 시작했다. 반듯한 이마, 송충이처럼 굵고 시커먼 눈썹, 우뚝 솟은 콧날, 한일자로 굳게 다문 입술……. 보면 볼수록 믿음직스럽고 정이 가는 얼굴이었다.

'도련님도 날 좋아하게 될까?'

이런 생각을 하다가 미랑은 고개를 살래살래 내저었다.

'아니야, 난 인간이 아니라 여우인걸……. 내가 여우라는 걸 알게 되면, 그러면 날 죽이려 할까? 아니면 무서워서 달아날까? 아, 어머니! 난 왜 여우로 태어난 거예요, 네?'

눈물방울이 묘남의 얼굴 위로 뚝뚝 떨어졌다. 미랑은 황급히 옷자락으로 그것을 닦아 냈다. 그 때 묘남이가 눈을 번쩍 떴다. 묘남이와 눈길이 마주친 순간 미랑은 가슴이 철렁 내려앉으면서 숨이 턱 막혔다. 서글서글한 눈매 속에서 산노루의 눈처럼 맑은 눈길이 자기를 그윽하게 바라보고 있었다.

"도, 도련님!"

화살에 맞은 짐승처럼 미랑의 얼굴이 창백해졌다. 그만큼 묘남의 눈길은 강렬했다. 그러나 그것은 잠시뿐 묘남이의 눈에서 곧 초점이 사라졌다. 그리고 굳게 다물어졌던 입술이 다시 바보스럽게 헤벌어졌다.

"여우! 여우!"

잠시 눈을 뒤룩거리고 있던 묘남이가 갑자기 미랑을 홱 떠밀었다. 그리고 불을 본 산짐승처럼 후닥닥 일어나 언덕배기를 기어오르기 시작했다.

"도련님! 도련님!"

미랑은 허겁지겁 묘남의 뒤를 쫓았다. 그러나 묘남은 어느새 언덕 너머로 사라지고 그림자도 보이지 않았다.

"도련님!"

꿈을 꾸고 난 것 같았다. 묘남 도령을 안고 있을 때의 그 푸근하고 정다운 느낌이 간절한 그리움으로 되살아났다. 짧은 순간이었지만 자기를 그윽하게 바라보던 산노루의 눈처럼 맑은 눈길이 생생하게 떠올랐다.

늙은 구미호는 초조했다. 여우산을 떠나온 지가 벌써 한 달하고도 보름. 설악이나 금강, 묘향 같은 영산을 다 뒤졌는데도 백년 산삼은 그림자도 발견할 수가 없었고 몰래 엿들은 심마니들의 말에 따라 지금은 지리산을 이 잡듯이 뒤지고 있는 중이었다. 그래도 역시 산삼은 찾을 수가 없었다.

'인연이 없으면 만날 수가 없다고 하는데, 백년 산삼은 나나 미랑이의 인연이 아니란 말인가?'

겁이 덜컥 났다. 산삼을 구하지 못하는 것이야 인연이 닿지 않는 것으로 치면 그만이기 때문에 별 문제가 아니었다. 그러나 딸의 실망하는 모습은 차마 볼 수가 없었다.

'미랑이 이년은 무사할까? 은적암에 갔다가 걸레 중이나 만난 건 아닐까?'

그것도 걱정이었다. 걸레 스님은 자신이 수많은 사람의 목숨을 해쳤다는 것과 미랑이 자신의 딸이라는 사실을 알고 있을 터, 눈에 띄면 곱게 보내 줄 리가 없었다.

'신령님, 이 늙은 미물의 소원을 들어 줍소서.'

늙은 구미호는 어느새 또 무릎을 꿇고 두 손을 모으고 있었다. 자신은 어떻게 되든지 상관이 없었다. 다만 백년 산삼을 구해서 딸의 원을 풀어 줄 수만 있다면, 그래서 딸에게 살아가는 희망과 기쁨을 안겨 줄 수 있다는 것으로 만족했다.

'저에게 인연을 줍소서. 제 정성이 부족해서 이러십니까?'

늙은 구미호는 아직까지 산삼을 만나지 못한 것이 아무래도 자신의 정성이 부족한 탓이라는 생각이 들었다. 그래서 옷을 벗고 골짜기의 맑은 물속으로 들어갔다. 눈 녹은 물이라서 냉기가 뼛속까지 파고들었다. 이가 딱딱 마주치고 심장이 금방

멎을 것 같았지만 그래도 꾹 참았다. 백년 산삼을 구하고 그래서 딸을 기쁘게 해 줄 수만 있다면 이까짓 고생쯤은 얼마든지 참을 수가 있었다.

찬물로 목욕을 하고 나자 몸이 더욱 떨렸다. 칼날같이 매운 바람이 채찍을 휘두르며 아우성을 치고 지나갔다. 바람 끝이 모두 날카로운 바늘이 되어 살갗을 쿡쿡 찌르는 것 같았다.

문득 다시 여우로 변신하고 싶은 유혹이 갈증처럼 끓어올랐다. 사람의 해골바가지를 벗어 던지고 여우로 변해서 따뜻한 털옷을 입는다면 이 무서운 추위로부터 벗어날 수가 있을 것이었다. 그러나 그럴 수는 없었다. 그동안 온갖 고생과 위험을 다 무릅써 가면서 사람의 모습을 하고 산속을 헤매었다. 백년 산삼은 신령스럽기 짝이 없는 영물 중의 영물로 여우에게는 모습을 드러낼 리가 없다는 생각 때문이었다. 어디 그뿐인가. 늙은 구미호는 설악이나 묘향 같은 영산을 찾아 헤매는 한 달 보름 동안 산 생물은 입에 대지도 않고 오직 맑은 물만으로 연명해 왔다. 그리고 날마다 얼음을 깨고 그 물에 멱을 감고 나서 치성을 드리는 등 그야말로 지극 정성을 다 바쳐 왔다. 오직 딸의 원을 풀어 주기 위한 염원 하나로 그는 살을 에고 뼈를 깎는 듯한 고통을 이겨 왔던 것이다.

'신령님, 이 미물의 소원 하나 꼭 들어 줍소서. 제 딸을 영원히 사람이 되게 해 주신다면 이 천하고 죄 많은 목숨이라도 바치겠습니다.'

소원을 빌던 늙은 구미호는 갑자기 현기증을 느꼈다. 앞에 서 있는 선녀바위가 빙빙 돌고 그 아래 골짜기가 빙빙 돌고 나무숲이 산등성이가 하늘이 모두모두 한 덩어리가 되어 빙글빙글 돌았다. 거기, 그리운 딸 미랑의 얼굴도 함께 보였다.

'아, 미랑아!'

정신이 까마득하게 멀어진다고 느끼는 순간, 늙은 구미호는 그 자리에 털썩 쓰러지고 말았다. 그 때였다.

"갸륵한 정성이로다."

어디선가 맑은 목소리가 들려 왔다.

"사악한 구미호에게도 이런 정성이 있다니⋯⋯."

늙은 구미호는 정신이 번쩍 들었다. 몸을 일으켜 고개를 들다가 소스라치게 놀랐다. 선녀바위의 허리에 오색 무지개가 걸려 있고, 거기, 눈보다 흰 옷을 입은 선녀가 서 있었다.

"선녀님!"

구미호는 자기도 모르는 사이에 선녀에게 절을 하고 있었다.

"일어나라. 수많은 사람의 목숨을 해친 네 죄를 어찌 모르랴만 자식을 사랑하는 정성이 사람보다 지극하여 네 죄를 탓하지 않기로 했느니라. 더구나 네 딸은 비록 여우로 태어났지만 사람과 인연이 있어 그들을 위해 큰일을 할 아이, 그 아이를 위해 이 백년 산삼을 주는 것이니 귀히 쓰도록 하여라."

선녀의 목소리가 점점 멀어지는가 싶더니 이윽고 조용히 흘러내리는 폭포수 소리만 남았다. 늙은 구미호는 고개를 들어 선녀바위를 우러러보았다.

어느새 선녀는 간 곳이 없고 오색 무지개 속에서 유난히 파란 빛줄기 하나가 뻗쳐 나오고 있었다.

구미호는 선녀가 사라진 하늘을 향해 공손히 절을 올렸다. 그리고 선녀바위를 기어올랐다. 어디서 그런 힘이 났을까. 늙은 구미호는 눈 깜짝할 사이에 깎아 세운 듯한 선녀바위의 허리에 올라가 있었다.

"아아!"

갑자기 구미호는 부들부들 떨기 시작했다. 파란 빛줄기가 뻗쳐 나오고 있던 자리에 얌전히 앉아 있는 것, 그것은 푸른빛도 선명한 한 포기의 산삼이었다.

미산은 법당 뒤의 빈터에서 검술을 연마하고 있었다. 목검을 휘두를 때마다 바람 가르는 소리가 쌩쌩 났지만 여자라서 그런지 어딘가 모르게 힘이 약해 보였다.

'저 아가씨는 왜 언제나 남자 옷을 입고 있을까? 여자가 검술을 배워 뭘 하려는 것이지?'

미랑은 숨을 죽이고 미산을 지켜 보았다. 얼굴은 예쁜데 표정이 너무나 차갑고 사나워 보였다. 그래서 적이나 안심이 되었다. 저런 얼음장 같은 사람을 묘남 도령이 좋아할 리가 없다는 생각 때문이었다.

'도련님은 어디에 있을까? 또 산속을 쏘다니는 건 아닐까?'

미랑은 품속에 든 것을 꺼내어 소중하게 받쳐 들었다. 그것은 백년 산삼, 늙은 어머니가 목숨을 걸고 구해 온 것이었다.

'어머니, 용서하세요. 전, 묘남 도령이 좋아요. 묘남 도령이 예전처럼 헌걸찬 대장부로 돌아올 수만 있다면 전 그것으로 만족해요. 이제 사람이 되지 않는다 하더라도 후회하지 않겠어요. 묘남 도령을 뒤에서 몰래 지켜 볼 수 있는 것만으로도 전 행복해요.'

미랑은 마음을 다시 야무지게 다졌다. 어머니가 알면 펄펄 뛸 것이 뻔했지만 묘남 도령을 위해서는 어쩔 수가 없었다. 그래서 지칠 대로 지친 어머니가 굴로 돌아오자마자 잠에 떨어진 사이에 백년 산삼을 몰래 훔쳐 들고 나온 것이었다.

미랑이 묘남을 찾기 위해 자리를 옮기려는 때였다. 인기척과 함께 걸레 스님의 모습이 나타났다.

'······.'

걸레 스님을 보자마자 미랑은 가슴이 쿵 내려앉았다. 스님에게 죄를 지은 일도 없는데 까닭 모를 두려움으로 가슴이 떨렸다.

'무서워! 저 스님은 왜 저렇게 무서울까?'

어머니의 말이 떠올랐다.

"은적암 근처엔 얼씬거리지도 말아라. 걸렌가 삼헌가 하는 중의 눈에 띄면 십 년 공부 도로 아미타불이 된다. 명심해라.

그 중은 보통 사람이 아니야. 이 어미도 그 사람만큼은 어찌해 볼 수가 없단다."

어머니의 말이 떠오르자 갑자기 소름이 쫙 끼쳤다. 걸레 스님의 호통 소리가 금방 목덜미에 떨어질 것만 같아서 다복솔 뒤에 납작하게 엎드렸다. 그리고 조심스럽게 도망칠 곳을 살폈다. 잘못하다가는 도령을 만나 백년 산삼을 써 보기도 전에 스님에게 먼저 죽게 될지도 몰랐다.

그 때였다.

"요망한 것! 썩 나오지 못할까?"

걸레 스님의 호통 소리가 귀를 때렸다. 미랑은 간이 콩알만 해졌다. 스님의 목소리는 나지막했으나 거역할 수 없는 힘이 들어 있었다.

"숨어도 소용 없다. 빨리 나오거라."

미랑은 자기도 모르는 사이에 걸레 스님의 앞으로 쭈뼛쭈뼛 다가서고 있었다.

"누구얏?"

미랑이 모습을 드러내자 미산이 득달같이 달려와 칼끝을 겨누었다. 눈썹이 칼끝처럼 뾰족하게 세워져 있었다.

"미산은 안으로 들어가거라. 이 아이와 할 말이 있구나."

걸레 스님이 눈짓을 하자 미산은 마지못해 법당 쪽으로 사라졌다.

"여우가 감히 부처님 모시는 절을 기웃거리다니. 그래, 여기까지 온 까닭이 무엇이냐?"

미랑은 대답을 하지 못하고 와들와들 떨기만 했다. 스님의 눈빛을 맞받을 수가 없었고 온몸에 힘이 쭉 빠져 버려서 움직일 수조차 없었다. 스님에게서 칼날처럼 날카로운 힘이 줄기줄기 뻗쳐 나와 온몸을 무겁게 짓누르는 것이었다.

"네가 바로 늙은 구미호의 딸이로구나. 네 어미는 천벌을 받아 마땅하다. 사람의 생명을 수없이 죽였는데 어찌 살기를 바라겠느냐?"

미랑은 비로소 정신이 번쩍 들었다. 잘못하다가는 여기서 스님의 지팡이에 맞아 죽게 될지도 몰랐다.

"스님, 용서해 주세요."

미랑은 죽는 것이 그렇게 무섭지는 않았다. 자신의 손으로 직접 죽인 것은 아니지만 어쨌든 많은 사람의 목숨을 해쳤으므로 사람의 손에 죽는 것이 당연한 일인지도 몰랐다. 그러나 사랑하는 묘남 도령이 맑은 정신을 되찾는 것을 보기 전에는 죽을 수가 없었다. 더구나 지금 품 안에는 죽은 사람도 다시 살린다는 백년 산삼이 들어 있었다. 어떤 일이 있더라도 살아 남아서 백년 산삼을 묘남 도령에게 전하고 그래서 도령에게 맑은 정신을 되찾게 해 주어야만 했다. 그러기 전에는 결코 죽을 수가 없었고 죽어서도 안 되었다.

"제가 꼭 해야 할 일이 있으니 그 때까지만 살려 주세요. 앞으론 사람을 해치지 않겠습니다. 약속하겠습니다. 어머니도 사

람을 해치지 말라고 하겠습니다. 그러니 제발 소원을 이룰 때
까지만이라도 저를 용서해 주세요."

미랑은 스님 앞에 엎드려 간절하게 빌었다. 눈물을 흘리며
빌고 또 빌었다.

"아미타불! 기구한 연이로세."

스님의 목소리가 꿈결처럼 들렸다.

"너는 구미호이면서도 사악한 기운이 없는 것이 이상하구
나. 모를 일이로다. 어찌하여 업연이 이리 얽혔는지……. 돌아
가거라. 그리고 다시는 이 암자에 나타나지 말아라."

미랑은 뒷걸음질을 쳤다. 등에 식은땀이 좍 흐르고 있었다.

소나무 이파리 끝에 매달린 달빛이 바람에 잘게 일렁이고 있
었다. 낮에 햇볕이 워낙 좋았던 때문인지 바람이 불어도 매운
맛이 한결 덜했다.

큰 소나무 두 그루가 어깨를 겯고 나란히 서 있는 솔가리 밭
에 한 소년이 새우처럼 웅크린 채 잠들어 있었다. 그렇게 잠든
지가 오래 되었는지 몸 위에도 솔가리가 제법 쌓여 있었다.

멀리서 누군가를 부르는 소리가 산마루를 타고 올라왔다.

"묘남아!"

"묘남 형!"

부르는 소리는 메아리가 되어 산을 내려갔다가 금방 올라오
곤 했다.

소년이 부르르 기지개를 켜고 있을 때, 건너편 솔숲에서 하얀 그림자 하나가 나타났다. 그림자는 무척 빨랐다. 번쩍 몸을 움직이는가 싶더니 어느새 소년의 코앞까지 바짝 다가와 있었다.

"이거 먹어요, 빨리!"

그림자가 다급한 소리로 윽박지르듯 말하자 소년은 퀭하게 열린 눈을 치뜨며 몸을 잔뜩 도사렸다.

"여, 여……."

소년이 무어라고 외치려는 순간 그림자의 손이 입을 틀어막았다.

"먹으라니까! 얼른! 얼른!"

그림자가 어깨를 틀어 잡고 흔들면서 연신 재촉을 하자 소년은 엉겁결에 입안에 든 것을 씹어 먹었다.

"삼켜요, 삼켜!"

소년은 꼭두각시처럼 그림자가 시키는 대로 했다. 그러더니 갑자기 맥없이 뒤로 벌렁 넘어져 버렸다.

"도련님!"

그림자가 놀라서 외치는 순간이었다.

"묘남아!"

"묘남 형!"

묘남을 부르는 소리가 바로 발아래에서 들렸다. 그림자의 안타까운 시선이 잠시 소년에게 머물렀다. 그러다가 그림자는

갑자기 후닥닥 건너편의 솔숲으로 바람처럼 사라졌다.

"이놈아, 또 이러고 있느냐?"

허겁지겁 나타난 스님이 쓰러져 있는 소년을 안아 일으켰다. 그러나 소년은 꼼짝도 하질 않았다.

묘남이가 잠에서 깨어난 것은 사흘이 지난 뒤였다. 스님과 미산이 산속에 쓰러져 있는 묘남이를 데리고 내려온 뒤 묘남은 사흘 밤 사흘 낮 동안을 잠만 잤던 것이다. 그런데 이상한 일이 벌어졌다. 잠에서 깨어난 묘남의 정신이 말짱하게 되돌아와 있는 것이었다. 스님이 묻는 말에도 곧잘 대답을 하고 자기의 내력도 알고 아버지에 이어 어머니마저 죽은 것을 알고는 울기도 했다. 그러나 걸레 스님이 누군지 미산이 누군지는 알지를 못했다.

스님은 영문을 알지 못했지만 뛸 듯이 기뻐했다.

"부처님의 자비로다."

스님은 그동안에 있었던 일을 간략하게 설명해 주었다. 설명을 듣는 동안 묘남은 울기도 하고 부끄러워 하기도 하였다.

그 날 아침 공양을 마친 스님은 묘남을 데리고 여우골로 들어갔다.

부모님의 무덤에 절을 하면서 묘남은 한없이 울었다.

쌍검

"둘 다 이리 와 앉거라."

걸레 스님이 묘남과 미산을 불렀다. 묘남이 먼저 쭈뼛쭈뼛 스님 앞으로 가 앉고 미산도 어색한 몸짓으로 묘남과 조금 떨어진 곳에 앉았다. 그걸 보고 스님은 속으로 픽 웃었다. 미산이 이제 묘남을 남자로 생각하기 시작한 것이었다.

"이제 봄빛이 완연하구나."

스님의 말에 묘남과 미산 둘 모두의 얼굴에 어이없다는 빛이 떠올랐다. '느닷없이 웬 봄 타령이지?' 하는 표정이었다.

"묘남이가 정신이 돌아와 이렇게 기쁘구나. 우리 절에 겨울이 오래 갈 줄 알았더니……. 자비하신 부처님의 공덕이로다."

스님은 엄숙한 빛으로 합장을 하였다.

"둘 다 듣거라. 너희들은 둘 다 전생의 악연으로 의지할 곳이 없는 처지가 되고 말았다. 그러나 사람이 나고 죽고 만나고 하는 것은 다 인연으로 비롯된 것, 우리가 이렇게 만나게 된 것은 부처님이 내리신 인연 때문이 아니겠느냐."

"⋯⋯."

"⋯⋯."

"묘남이가 여태 정신이 돌아오질 않아 인사를 못 나누었는데 이제 정식으로 인사를 하여라. 묘남이가 열넷이니 형이고 미산이는 한 살 아래이니 아우로구나. 앞으로는 두 사람이 형제로서 지내도록 하여라. 무엇들 하느냐? 어서 인사를 나누지 않고."

묘남이가 먼저 고개를 꾸벅 숙였다.

"장묘남이다. 나 때문에 고생이 많았지?"

묘남의 시원스런 눈매와 또랑또랑 맑은 목소리를 대하자 미산은 왠지 가슴이 울렁거렸다. 정신이 나가 바보짓을 일삼을 때는 짜증스럽고 귀찮기만 했는데 이제 보니 묘남은 늠름하고 믿음직스런 남자였다. 그 동안 함부로 대했던 것이 미안스럽기도 하고 부끄럽기도 하고, 그러면서 매달리고 싶어지기도 하는 복잡한 기분이었다. 그러나 그런 마음은 털끝만큼도 겉으로 드러낼 수가 없었다. 앞으로도 미산은 남자 행세를 해야 할 몸이었다. 그런 마음은 엄격하게 짓누르고 감추어야만 했다.

"임미산입니다. 많이 지도해 주십시오."

미산은 두근거리는 가슴을 지긋이 누르며 일부러 딱딱한 목소리를 내었다.

스님이 껄껄껄 웃음을 터뜨렸다.

"좋아, 좋아, 아주 잘 어울리는 한 쌍이로구나. 앞으로 서로 돕고 의지하면서 친형제 이상의 의를 나누도록 하여라."

스님의 말에 미산은 가슴이 뜨끔하였다.

'잘 어울리는 한 쌍?'

자기가 여자라는 걸 묘남이가 눈치채고 말았을 것 같아서 조바심이 났다.

그러나 묘남은 빙그레 웃고만 있었다. 아직 눈치를 채지 못한 것이 분명했다.

'후유!'

미산은 속으로 한숨을 삼켰다. 묘남을 똑바로 쳐다볼 수가 없었다. 아직까지 한 번도 느껴 본 일이 없는 야릇한 기분이었다.

"내 소원은 내가 부처되는 게 아니라 중생들 마음 속에다 부처를 세우는 것이다. 부처께서도 그러셨느니라. 사람 구히는 것이 가장 큰 공덕이라고. 중생 구제의 길이 지옥에 있다면 내 기꺼이 지옥 속으로 뛰어들겠다."

미산은 저절로 고개가 수그러졌다. 정말이지 스님처럼 자비롭고 중생들을 사랑하는 분은 없었다. 땔감 속의 벌레들도 생명을 가진 중생이므로 함부로 불 때서는 안 된다고 하신 스님이었다.

그런데 사람들은 스님을 걸레라고 불렀다.

"요즘은 난세 중의 난세로구나. 벼슬아치들은 모두 제 배 채우기에 급급하고 툭하면 왜구들이 쳐들어와 노략질하고 섬나라 왜인 첩자들마저 들어와 버젓이 나돌아 다니고……. 우리 백성들 살아갈 일이 큰일 아니냐. 살생하는 법을 남에게 가르치지 않으려고 결심을 하고 살아 왔다만 이제 더 이상 두고 볼 수가 없구나. 너희들을 제자로 삼아서 왜구들을 치는 데 쓰려고 한다. 너희들이 내 검술을 잘 익히면 천하무적의 쌍검이 되어 우리 백성들을 지키고 보호하는 데 큰 힘이 될 것이다."

'아, 쌍검!'

미산은 눈앞이 환해졌다. '잘 어울리는 한 쌍'이라는 스님의 말을 비로소 이해할 수가 있었다.

가부좌를 틀고 앉아 있는 묘남이의 이마에서 하얀 김이 솟아오르고 있었다.

'거참, 괴이한 일이로다.'

걸레 스님은 고개를 갸웃거렸다.

'반 년 가까이나 실성을 해 있던 아이가……. 그렇게 애를 써도 아무런 소용이 없더니…….'

정말이지 이해를 할 수 없는 일이었다. 묘남이는 그동안 다섯 달이 넘도록 실성을 한 채 정신이 돌아오질 않아 스님의 애를 태우고 있었다. 그런데 어느 날 아침에 문득 맑은 정신이 되돌아온 것이었다. 그리고 더욱 놀라운 것은 정신만 맑아진 것이 아니라는 점이었다. 기운이 황소 뿔을 빼고도 남을 정도로 세지고 얼음장 같은 찬물 속에 들어앉아서도 조금도 추운 기색이 없는 것이었다. 그뿐만이 아니었다. 검술을 배우는 속도가 어찌나 빠른지 귀신이 아닌가 싶어 섬뜩한 느낌이 들 정도였다.

'모를 일이로세. 원래 타고난 재질을 가진 아이라고는 하지만······.'

요즘 들어 묘남이를 볼 때마다 스님은 무엇에 홀린 기분이었다. 검술의 기초는 물론이고 쉬운 검술이 되었든 어려운 검술이 되었든 가르쳐 주는 대로 넙죽넙죽 소화해 냈다. 스님이 여러 해에 걸쳐 심혈을 기울여 창안해 낸 검술 중의 몇 식을 묘남이는 불과 열흘도 채 못 되어 이미 능숙하게 펼칠 수가 있게 되었다. 이대로 가다가는 두어 해가 안 되어 더 이상 가르쳐 줄 것이 없어질 지경이었다.

'내가 사람을 제대로 보긴 보았어. 암, 틀림없는 장수 상이었지.'

걸레 스님의 머릿속엔 십여 년 전의 일이 떠올랐다. 여우골로 탁발을 나갔다가 세 살짜리의 아이 하나를 만난 것이었다. 기골이 장대하고 죽은 데가 하나도 없이 잘생긴 아이였다. 천한 출신이었지만 어딘지 모르게 귀티가 나고 얼굴에 화기가 돌고 귀가 큼직한 게 성품이 온화하고 심지가 곧아 보였다. 커서 물건이 되리라 보았다. 그런데 그 귀한 상에 녹두알만 한 흉점이 있었다. 호액을 당해 부모를 일찍 잃을 상이었다. 그리고 그 아이가 자라 십 년이 지난 바로 작년의 한가위 전날 밤에 아비가 구미호에게 죽었고 어미마저 살구나무 가지에다 목을 매달았다. 충격을 받은 아이는 실성을 하여 여러 달을 넋 나간 허깨비처럼 지내다가 어느 날 문득 무서운 힘과 무서운 정신력을 가지고 되돌아온 것이었다.

처음에는 여우의 짓이 아닌가 의심을 하기도 하였다. 묘남이를 사모하는 여우가 있다는 것을 스님은 알고 있었고 그 여우가 바로 묘남이의 아비를 죽인 늙은 구미호의 딸이라는 것도 스님은 알았다. 여우의 술법을 받는다면 갑자기 그런 힘과 정신력이 생겨날 가능성도 없진 않았다. 그러나 아무리 살펴보아도 묘남이에게서는 여우의 사악한 기운을 전혀 느낄 수가 없었고 오히려 맑은 기운이 넘쳐났다. 한마디로 불가사의한 수수께끼였다.

영문을 알 수 없는 일이었지만 아무튼 기쁜 일이 아닐 수 없었다. 그동안 가엾고 불쌍한 마음에 얼마나 가슴을 태웠었는가. 오죽했으면 자기를 버리고 이 아이를 구해 달라고 부처님 앞에 원을 다 세웠었다.

걸레 스님은 법당 안으로 들어갔다. 자신의 손으로 깎아 세운 나무 불상은 언제나 마음을 평화롭게 해 줬다.

"부처님, 고맙습니다. 저 아이를 다시 돌려 주셨으니 잘 가르쳐서 크게 쓰겠습니다."

스님은 예불을 시작하였다. 오늘은 천 배를 올릴 생각이었다.

이백 배를 올리고 스님의 이마에 땀방울이 맺히기 시작할 무렵이었다. 밖에서 인기척이 들렸다.

'……'

소리로 보아 묘남이나 미산이가 아니었다.

'이런 산중에 누가 날 찾아왔을꼬? 곧 해가 질 텐데……. 부처님, 사람이 더 먼저니 용서를 하십시오. 나머지 팔백 배는 마음으로 올릴랍니다.'

걸레 스님은 법당 밖으로 나갔다. 등에 바랑을 진 젊은 중 하나가 합장을 하고 서 있었다.

"그간 무고하셨습니까? 예불을 방해한 건 아닌지요?"

"나 같은 땡추가 예불은 무슨 예불. 오오라, 자네는 흥국사의 광명이 아닌가?"

"왜 아니겠습니까. 큰스님의 명을 받고 서찰을 가지고 왔습니다."

광명 스님이 품에서 서찰을 꺼내어 바쳤다.

"서찰은 이따가 읽도록 하고 우선 안으로 드세나."

"웬걸요, 답신을 받아서 선걸음으로 되돌아오라는 명이셨습니다. 어서 서찰부터 읽으십시오."

"허, 그 영감 성깔은 여전한가 보네그려."

걸레 스님은 서찰을 조금 읽다가 껄껄 웃었다.

"뭐, 날 기다리는 차에서 싹이 난다고? 허허허, 봄이 왔다는 뜻이렷다."

그러나 점점 읽어 내려갈수록 표정이 심각해졌다.

이윽고 읽기를 마친 걸레 스님은 잠시 하늘을 올려다보며 생각에 잠겼다.

그러다가 결심이 선 듯 고개를 주억거렸다.

"간다고 하게."

광명 스님이 반색을 했다.

"그러시겠습니까? 그럼, 소승은 물러가겠습니다."

광명 스님이 자리를 털고 일어서자 걸레 스님은 소맷자락을 붙잡았다.

"정말 가려는가? 아직 공양 전일 터이고, 곧 어둠이 내릴 텐데 백릿길을 어떻게 밤에 간단 말인가?"

"우리 큰스님 성정을 몰라서 그러십니까? 은적암의 양식은 한 톨도 축내서는 안 된다는 엄명이 계셨습니다. 주먹밥을 싸 왔으니 심려 놓으십시오. 또 여기 오가는 길이야 아무리 어둡다 한들 제 손바닥의 손금이 아니겠습니까? 제 다리는 소문난 다리이고요."

광명 스님은 총총히 은적암을 떠났다.

"왜놈들……. 왜놈들이 기어이……."

걸레 스님은 법당 앞을 서성거리며 혼자 중얼거렸다. 흥국사 주지 만혜 스님의 서찰을 생각하니 저절로 주먹이 불끈 쥐어졌다.

만혜 스님의 서찰 내용은 크게 두 가지였다.

첫째, 왜인 첩자들의 동태가 심상치 않으니 함께 의논을 하고 대비를 하자는 것.

둘째, 흥국사로 와서 훈련 중인 승병들의 검술을 보름 동안만 손보아 달라는 것.

'이 녀석들의 쌍검을 하루 바삐 완성해야겠구나.'

스님은 법당 뒤의 빈터로 걸음을 옮겼다. 묘남이와 미산이가 날 저문 줄도 모르고 검술 연마에 열중하고 있었다. 그런 그들을 보니 마음이 든든했다.

미산의 목검이 묘남이의 허리를 치는 체하다가 갑자기 어깨를 노리며 비스듬히 베어 갔다. 그러나 묘남이의 검은 마치 눈이라도 달린 듯 미산의 칼을 오는 대로 막아 내고는 오히려 목을 향해 날아드는 것이었다. 묘남이의 칼끝이 미산의 목 바로 한 치 앞에서 멈추자 미산의 움직임이 정지되었다.

"졌어요."

미산은 퉁명스럽게 쏘아붙였다. 그리고 들고 있던 칼을 팽개쳐 버리고 법당 쪽으로 사라졌다.

묘남은 너럭바위 위에 걸터앉았다.

'아버지!'

아버지의 얼굴이 떠올랐다. 밤송이 같은 수염 속에서 웃을 때면 허옇게 드러나던 이, 목말을 태워 주거나 업어주던 그 넓고 믿음직스럽던 등이며 탄탄한 어깨, 호탕한 웃음소리와 우렁우렁한 목소리⋯⋯. 아버지가 그리웠다.

늦게 본 아들이어서 금이야 옥이야 그야말로 애지중지하며 사랑으로 길러 주던 아버지였다. 먼 바다 험한 산속을 갈마들며 힘들게 등짐장수를 하지만 아들 생각만 하면 저절로 힘이 솟는다면서 그렇게도 좋아하던 아버지였다.

장사를 나간 뒤면 기둥에다 금을 하나씩 그어가며 손꼽아 기다린 아버지였는데 기다리고 기다리던 아버지는 싸늘한 주검으로 돌아왔다.

그리고 어머니마저 그렇게 목숨을 끊어 버렸다.

'아버지! 어머니! 원수를 꼭 갚겠습니다.'

묘남은 주먹으로 눈물을 씻었다. 검술을 익히면 반드시 늙은 구미호를 찾아 내어 원통하게 눈을 감은 부모님의 원수를 갚을 생각이었다. 그것은 자기를 그토록 사랑해 주었던 아버지와 어머니에 대한 의무였다.

묘남은 목검을 쥐고 벌떡 일어섰다. 그리고 스님에게 배운 검식을 펼치기 시작하였다.

부모님 생각에 마음이 흐트러졌던 탓일까. 정신이 집중되질 않고 금방 숨이 차올랐다. 묘남은 다시 너럭바위에 주저앉았다.

'내가 왜 이래?'

턱에 닿은 숨을 고르고 있는 묘남의 눈앞에 문득 떠오르는 것이 있었다.

맑게 개인 물빛의, 한없는 정이 그득 서린 그것은 한 여인의 눈동자였다.

'그 사람이야! 누굴까? 왜 날 구해 주었을까?'

묘남은 그 얼굴을 기억해 내려고 애를 썼다. 그러나 애를 쓰면 쓸수록 얼굴은 떠오르질 않고 그때의 그 맑고 향기로운 느낌과 함께 한없는 정이 그득 실린 물빛 눈동자만 더욱 뚜렷이 떠오르는 것이었다.

'누굴까?'

얼굴도 모르는 그 물빛 눈동자의 여인이 간절한 그리움으로 다가오는 것은 이상한 일이었다.

묘남은 그 여인이 자기의 정신을 되찾게 해 주었다고 확신했다.

은빛 여우 미랑의 한

늙은 구미호는 이를 부드득 갈았다. 잊으려고 해도 잊으려고 해도 도무지 잊혀지지가 않았다.

'어떻게 구한 건데, 그 귀한 걸 그놈에게 주어 버리다니!'

생각할수록 원통하고 울화통이 터졌다. 어떻게 구한 백년 산삼인가. 살을 깎는 것 같은 추위 속에서 한 달 하고도 보름을 넘게 찬물만으로 연명하며 험준한 산속을 발이 닳도록 뛰어다니면서 구해 낸 산삼이었다. 오직 딸의 원을 풀어 주기 위한 염원 하나로 목숨을 걸고 얻어 낸 산삼이었다. 그런데 죽 쑤어 개 바라지한다고 하더니 그 귀하고 아까운 것을 사람의 아이가 덜컥 먹어 버린 것이었다.

'못된 년! 그게 어떤 건데……. 그것도 날 원수로 삼고 있는 놈에게……. 그놈이 이 어미보다 중하단 말이냐?'

늙은 구미호의 눈에서 파란 불꽃이 일었다.

'못된 놈! 네 놈 때문에 내 딸이 영원히 사람이 될 수 있는 기회를 놓쳐 버렸다는 걸 아느냐? 두고 보자. 네 놈의 간을 빼어다가 내 딸을 기어이 사람으로 만들어 놓고 말겠다. 언감생심도 유분수지, 어떻게 구한 건데 네 놈이 감히 그걸 먹어?'

어미의 타는 듯한 마음을 아는지 모르는지 은빛 여우 미랑은 황홀한 꿈속을 헤매고 있었다. 미랑의 머릿속은 온통 묘남 도령 생각뿐이었다. 반듯한 이마, 송충이처럼 굵고 시커먼 눈썹, 우뚝 솟은 콧날, 한일자로 굳게 다문 입술……. 묘남 도령을 안고 있을 때의 그 푸근하고 정다운 느낌……. 짧은 순간이었지만 자기를 그윽하게 바라보던 산노루의 눈처럼 맑은 눈길…….

'묘남 도령에게 바치길 잘한 거야.'

미랑은 만족스러웠다. 정신을 되찾은 묘남 도령의 씩씩하고 기운찬 모습을 다시 보게 된 것이 기쁘기 짝이 없었다. 비록 영원히 사람이 될 수 있는 기회를 잃고 말았지만 사랑하는 사람의 아름다운 모습을 몰래나마 뒤에서 바라볼 수 있는 것만으로도 행복을 느낄 수가 있었다.

미랑은 자리에서 슬그머니 일어났다. 은적암으로 가서 검술을 익히고 있는 묘남 도령을 슬쩍 엿보고 돌아올 생각이었다. 그래야만 잠을 이룰 수가 있을 것 같았다.

"어딜 나가냐? 또 그놈이냐?"

늙은 구미호의 목소리에는 가시가 돋혀 있었다.

"아니에요, 어머니. 그냥 바람을 쐬려고요. 봄바람이 너무

좋잖아요?"

미랑은 아양스런 목소리를 남겨 놓고 굴을 빠져 나왔다. 딸의 어리광에 어머니가 가장 약하다는 것을 미랑은 알고 있었다.

미지근한 바람이 부드러운 손길로 산자락을 어루만지고 있었다. 이제 머지않아 온 산천이 진달래의 붉은 빛으로 타오를 터였다.

은적암이 가까워질수록 골짜기의 물 흐르는 소리가 기운차게 들렸다. 미랑은 골짜기를 건너뛴 다음 감춰 놓은 해골바가지를 둘러쓰고 사람으로 변신을 하였다. 그리고 소리 없이 다복솔 뒤로 다가가 몸을 숨겼다.

달빛이 암자 뒤의 뜰에 하얗게 내려 쌓이고 있었다. 달빛에 흠뻑 젖은 채 너럭바위 위에 앉아 있는 묘남 도령의 낯익은 모습을 발견한 순간 갑자기 미랑의 눈에서 싸늘한 광채가 번뜩였다. 묘남 도령 바로 옆에 미산이 다정스럽게 앉아 있었다. 언제나 남자 옷을 입고 있지만 여자가 분명한 그 여자. 오늘 보니 그 동안 얼굴에 깊게 배어 있던 얼음장처럼 차갑고 사나운 빛이 사라지고 오똑한 콧날과 야무지게 다문 입술이 그린 듯 곱기만 하였다.

"너무 서둘지 마. 검술이 어떻게 하루 이틀에 이루어지겠어? 넌 큰 검이 될 자질을 타고났다고 사부님도 그러셨어. 우리 둘의 검술이 합쳐지면 틀림없이 천하무적의 쌍검이 될 거라고 하셨잖아?"

묘남이가 어깨를 감싸 안자 미산은 다소곳이 고개를 숙였다. 두 사람의 모습이 너무나도 정다워 보여서 미랑은 눈에 불이 확 일었다.

'저럴 수가! 뭐, 우리? 쌍검?'

미랑은 끓어오르는 질투심으로 치를 떨었다.

'나쁜 사람! 난 백년 산삼까지 바쳤는데……. 어머니를 속이고, 사람이 되는 걸 포기해 가면서까지 아낌없이 바쳤는데…….'

믿을 수가 없었다. 묘남 도령이 자기 아닌 다른 여자를 좋아하게 될 줄은 정말이지 꿈에도 몰랐다.

'나쁜 사람! 난 꿈에서도 자기를 잊은 적이 없는데……. 나쁜 사람! 내가 여우라서?'

미랑의 눈에서 눈물이 흘러내렸다. 피눈물이었다.

'내가 여우라서 그런다면 나도 생각이 있어. 당신의 간을 먹으면 나도 영원히 사람이 될 수 있단 말야.'

미랑은 굴로 달려가고 있었다. 눈에서 파란 불꽃이 이글거렸다. 여우로 태어난 슬픔과 끓어오르는 질투심과 그리고 묘남 도령에 대한 원망이 한데 뒤섞여 머리가 부서질 것처럼 지끈거렸다.

"어머니! 난 왜 여우로 태어난 거예요, 네? 왜 날 낳았냐 말예요, 네?"

미랑이 울부짖으며 몸부림을 치자 늙은 구미호의 낯빛이 파랗게 질렸다.

"왜 이러느냐? 누구에게 무슨 소리를 들은 거냐? 말해라. 당장, 그놈을 찢어 놓겠다."

늙은 구미호는 딸을 끌어안았다. 이 세상에서 그에게 가장 무서운 것은 딸의 눈물이었다. 딸의 슬픔은 바로 그의 슬픔이었고 딸의 아픔은 바로 그의 아픔이었다. 딸 미랑이야말로 늙은 구미호가 살아가는 이유였다.

그러므로 목숨을 걸고 구해 온 백년 산삼을 딸이 인간에게 바쳐도 잠자코 참을 수밖에 없었다. 분하고 원통한 마음이야 이루 다 말할 수가 없었지만 그것이 딸이 원하는 일이었기 때문에 어찌할 수가 없었던 것이다.

"어머니, 나도 사람이 되고 싶어요. 그 사람 간을 빼 주세요. 그걸 먹고 사람이 되겠어요."

늙은 구미호는 뛸 듯이 기뻐했다.

"그게 정말이냐? 몹쓸 년, 진작 그럴 일이지. 백년 산삼을 먹은 사람의 간을 먹으면 네 소원대로 사람이 될 수 있을 것이다. 설마, 또 딴소리를 하는 건 아니겠지?"

"네, 어머니! 사람이 될 수만 있다면 무슨 짓이라도 하겠어요."

미랑은 이를 악물었다. 미산의 어깨를 정답게 감싸 안아 주

던 묘남 도령의 모습이 눈앞에 떠올랐다. 또다시 질투심이 들 끓어올랐다.

"어서 가요, 어머니. 어서요!"

"오냐, 가자. 그렇지만 걸레란 중을 조심해야 한다."

걸레 스님의 이름을 듣자 미랑은 왠지 불안해졌다. 가슴을 섬뜩하게 베는 것 같은 그 날카로운 눈빛과 온몸을 무겁게 짓 누르던 그 엄청난 기운! 그러나 어머니를 믿기로 했다. 어머니 는 무슨 술법이든지 자유자재로 부릴 수가 있지 않은가. 걸레 스님은 결코 어머니의 적수가 될 수 없을 것이었다.

잠시 후 두 마리의 여우가 굴을 빠져 나왔다.

그리고 은적암 뒤의 숲 속에 두 마리의 여우가 나타났다.

"넌 여기 숨어 있거라."

늙은 구미호는 해골바가지를 뒤집어쓰고 노파로 변신하였 다. 그리고 공중에서 재주를 몇 바퀴 돌더니 너럭바위 앞에 훌 쩍 내려섰다. 묘남과 미산이 기겁을 하며 동시에 벌떡 일어났 다.

"누구냐?"

묘남이가 미산의 앞을 가로막으며 목검을 겨누었다. 그걸 보고 늙은 구미호는 싸늘하게 웃었다.

"가소로운 것! 감히 내 백년 산삼을 가로채다니……."

노파의 몸이 번쩍 솟구쳐 오르는가 싶더니 어느새 묘남의 목 검이 노파의 손에 들려 있었다. 노파는 목검을 묘남이의 가슴에 겨누었다.

"흐흐흐흐, 네 놈은 이미 내 술법에 걸려들었다. 이리 와. 이리 와서 곱게 간을 바쳐라."

묘남이가 얌전하게 노파 앞에 무릎을 꿇고 앉았다.

"안 돼!"

미산의 외침이 밤 하늘을 찢었다.

"이건 또 뭐냐? 으흐흐흐, 너도 간을 바치고 싶단 말이지?"

노파의 손이 슬쩍 스치고 지나가자 미산도 맥없이 픽 쓰러졌다.

"흐흐흐, 이제야 미랑이의 소원을 이룰 수가 있게 되었구나."

늙은 구미호는 묘남이의 가슴을 헤쳤다. 구미호의 칼끝 같은 손톱이 묘남이의 가슴팍 속으로 파고드는 바로 그 때였다.

"안 돼요!"

째진 부르짖음과 함께 하얀 그림자 하나가 뛰어들어 노파를 가로막았다.

미랑이였다.

"너, 너, 너……."

늙은 구미호의 얼굴이 파랗게 질렸다.

"안 돼요, 어머니! 이 사람은 안 돼요!"

미랑은 정신을 잃은 묘남을 끌어안고 울음을 터뜨렸다.

"이, 이것아, 사람이 되기가 싫단 말이냐? 이 놈의 간을 먹으면 넌 영원히 사람이 될 수 있단 말이다."

"안 돼요. 사람이 되지 않아도 좋아요. 이 사람을 살려 주세요."

"너, 너, 너……."

늙은 구미호가 비틀거리며 일어섰다. 놀라움과 슬픔으로 얼굴이 처참하게 일그러져 있었다.

"멈춰랏!"

갑자기 우레 같은 호통 소리가 여우산을 뒤흔들었다. 걸레 스님이었다.

"흑!"

늙은 구미호는 비명을 삼켰다. 두려움으로 온몸이 딱딱하게 굳어 버려 움직여지질 않았다.

"요망한 것! 감히 여기까지 나타나다니, 저 아이 아비를 죽인 것만으로는 부족하단 말이냐?"

걸레 스님이 성큼성큼 걸어왔다. 마치 커다란 산이 걸어오고 있는 것 같았다.

"묘남이는 정신을 차리거라."

스님의 말에 묘남이가 눈을 번쩍 떴다.

"이 검을 받아라. 그 노파는 네 아비를 죽인 구미호, 너의 원수다. 죽여라!"

스님의 손을 떠난 진검이 하얀빛을 뿌리며 묘남을 향해 날아들었다. 묘남은 날렵하게 검을 받아 들었다.

"원수! 아버지의 원수! 어머니의 원수!"

묘남이는 잠시 부르르 떨고 서 있다가 검을 힘껏 휘둘렀다. 묘남의 검이 달빛에 번뜩이며 흰빛을 뿌리는 순간 "캥!" 하는 소름 끼치는 비명과 함께 노파가 땅바닥에 쓰러졌다.

"아가, 다, 달아나거라. 어, 어, 어서……."

늙은 구미호는 일어나려고 발버둥을 쳤다. 그러나 그의 몸은 이미 식어 가고 있었다. 딸에게 어서 달아나라고 보내는 손짓이 점점 약해지더니 이윽고 다시는 움직이지 않았다.

"악!"

갑자기 미랑의 비명 소리가 날카롭게 울렸다.

"어머니! 어머니!"

미랑은 피에 젖은 어미를 부둥켜안았다. 그리고 파란 불꽃이 이는 눈으로 묘남을 잠시 쏘아보다가 숲 속으로 뛰어들었다.

우웡.

우웡.

미랑이 사라진 숲 속에서 올빼미가 울고 있었다.

먹구름

뻐꾹 뻐꾹.

뻐꾸기 소리가 산비탈을 쩌렁쩌렁 울렸다.

뻐꾹 뻐뻐꾹.

그 소리에 대답이라도 하듯이 건너편에서도 뻐꾸기 소리가 들려 왔다.

뻐꾸기 소리가 지나간 자리마다 진달래꽃이 흐드러지게 피어 있었다. 마치 진달래꽃으로 산불이 난 듯했다.

미산은 진달래꽃 한 가지를 꺾어 입술에다 대어 보았다. 차가우면서도 연한 감촉이 기분 좋았다.

'묘남 오빠도 진달래를 좋아할까?'

무심코 이런 생각을 하다가 미산은 소스라치게 놀랐다.

'엄마! 내가 지금 무슨 생각을 하고 있는 거지?'

얼굴이 화끈거렸다. 묘남은 오빠가 아니라 형이다. 썩 내키는 일은 아니지만 어쨌든 지금은 변복을 하고 이름까지 바꾼 채 남자 행세를 하고 있는 터, 행여라도 여자라는 것을 묘남에게 들켜서는 안 되었다. 그러므로 묘남은 오빠가 아니라 당연히 형이었다. 그리고 부모님과 오빠들의 피맺힌 원수를 갚기 위해서는 오직 무술 수련에만 전념을 해야 했다. 묘남에게 마음을 빼앗기고 있을 겨를이 없었다.

미산은 진달래 가지를 팽개쳤다. 그리고 골짜기로 달려가 찬물로 세수를 하였다.

'형은 내가 여자라는 걸 정말 모를까?'

미산은 맑은 물속을 물끄러미 들여다보았다. 물속에 얼굴이 비치었다. 갸름하고 하얀 얼굴, 까만 눈썹 그리고 자그맣고 도톰한 입술이 그린 듯이 고왔다.

'내가 여자라는 걸 알면 묘남 형은 어떤 얼굴을 할까? 형도 날 좋아할까? 내 이름이 쌀례라는 걸 알면 이름이 촌스럽다고 웃지는 않을까?'

두근두근 가슴이 설레었다. 미산은 자기의 마음을 알 수가 없었다. 자기가 여자라는 걸 묘남이가 알아차리지 못하는 것이 다행이라고 생각하면서도 한편으로는 섭섭한 마음이 일었다. 처음에 묘남을 대했을 땐 실성하여 바보짓을 하는 게 왜구들 손에 죽은 바보 만득이보다도 더 싫었다. 그런데 묘남의 정신이 돌아오고 난 뒤부터는 그것이 아니었다.

단칸방에서 함께 자고 함께 검술을 익히고 하는 동안 자꾸만 마음이 달라졌다. 자기도 모르게 묘남을 좋아하게 되었던 것이다. 그러나 그런 내색은 꿈에서라도 할 수가 없었다. 걸레 스님이 아는 날이면 심지가 얕다고 호통을 당할 것이 뻔했고 무엇보다 비명에 간 부모님께 면목이 없는 일이었다. 부모님과 사랑하는 오빠들의 원수를 갚기 전에는 어떤 생각도 할 수가 없었다.

"세수하니?"

등 뒤에서 귀에 익은 목소리가 들렸다. 묘남이었다.

"예, 날씨가 좀 덥네요."

미산은 화들짝 놀라며 몸을 일으켰다. 조금 전에 했던 생각들을 묘남이가 알아차렸을까 봐 가슴이 두근거렸다. 그러나 다행히도 묘남이는 아무것도 모르는 눈치였다.

"사부님이 부르신다."

"공부 시간도 아닌데?"

"그래도 부르셔."

미산은 묘남이의 말투가 못마땅했다. 언제나 무뚝뚝하고 꼭할 말만 했다.

"그럼, 가지요 뭐."

미산도 묘남처럼 무뚝하게 말했다.

스님은 바랑을 메고 박달나무 지팡이를 챙겨 든 품이 어디로 떠날 모양이었다. 그러고 보니 묘남이도 예사 차림이 아니었다.

"어디 다녀오시게요?"

미산이 묻자 스님은 그윽하게 쳐다보며 고개를 끄덕였다.

"흥국사를 좀 다녀와야겠구나. 네 형과 함께 다녀올 테니 넌 절을 지키고 있거라."

묘남과 함께 간다는 말에 왠지 가슴이 텅 비어 버린 것처럼 허전한 마음이 일었다. 그러나 내색할 수는 없었다.

"오래 걸려요?"

"한 보름 걸릴 것 같다. 자, 이걸 몸에 지니도록 하여라."

스님이 조그만 종이쪽 한 장을 건네 주었다.

"이게 무엇인데요?"

"여우를 쫓는 부적이다. 지금까지 배운 검술이면 네 한 몸은 지킬 수 있을 거다만……."

"구미호는 죽었잖습니까?"

"딸이 살아서 달아났지 않느냐. 사악한 기운은 없어 보이더라만 어미를 잃은 원한이 어디 보통 원한이겠느냐. 무슨 짓을 저지를지 모르니 그 부적을 꼭 몸에 지니고 있도록 하여라."

스님은 당부를 단단히 하고 나서 곧 길을 떠났다.

"갔다 올게."

묘남도 스님의 뒤를 따라 암자를 떠났다.

미산은 두 사람의 뒷모습이 사라져 보이지 않을 때까지 오래 오래 그 자리에 서 있었다.

걸레 스님의 걸음은 바람처럼 빨랐다. 그리고 뒤를 따르는 묘남이의 걸음도 결코 스님 못지않았다. 두 사람은 암자를 떠난 지 오래지 않아 여우산의 옆구리를 돌아서고 있었다.

봄이 무르익어 가면서 산빛이 연한 연두색에서 진한 녹색으로 바뀌고 함부로 난 잡초들도 기운차 보였다. 좁은 길 양 섶의 진달래꽃은 여전히 두 사람의 뒤를 끝없이 따라오고 있었다.

"외상이 없는 게 계절이라 봄은 또 어김없이 이 땅을 뒤덮는구나. 없이 사는 사람들은 어쩌라고 해는 이렇게 밝고 길어지는고……."

걸레 스님은 시를 읊는 것처럼 혼자서 중얼거렸다.

"보이는 것은 다 헛것이라 세상사 모두가 부질없다만 그래도 오는 봄은 반갑고 아름답구나. 사람들 마음속에도 고운 봄꽃이 피어나면 얼마나 좋으랴만……."

눈앞에 여우고개가 나타났다. 고개를 넘어 시오릿길만 안으로 들어가면 여우골이 나오고, 곧장 아래로 내려가면 율촌이 나올 것이었다. 율촌은 순천에서 여수로 넘어가는 관문과 같은 곳으로 나라님께 바치는 밤으로 유명한 곳이었다.

"어쩌려느냐?"

걸레 스님이 걸음을 멈추고 묘남을 돌아다보았다.

"……."

묘남은 잠자코 스님을 바라보았다.

"원수도 갚았는데 네 아비 어미 무덤에 절이라도 올리지 않

겠느냐?"

"여우골을 가시게요?"

"이놈아, 내가 너에게 묻고 있지 않느냐. 가고 싶지 않으냐?"

묘남은 대답을 하지 않고 우두커니 서 있었다. 사실은 스님과 미산 몰래 이미 산소를 다녀왔었다.

"내키지 않으면 그냥 가자꾸나. 빈 무덤이라는 게 사실은 부질없는 것, 마음속에 세운 무덤이 진짜 무덤이니라."

스님은 다시 앞서 걷기 시작하였다. 부모의 원수를 갚았지만 아직도 묘남의 얼굴에 깊게 드리워져 있는 어두운 그늘이 안타까웠다. 열네 살, 심지가 깊고 심신이 굳건한 아이지만 부모 없이 살기에는 아직 너무 어린 나이였다.

여우고개 아래의 주막이 나오자 걸레 스님의 눈에서 별안간 빛이 났다.

"허, 곡차가 날 여태 기다렸나 보구나. 흠흠 이 냄새! 오랜 친구가 날 부르는데, 어이 그냥 지나갈쏘냐."

스님이 들어서자 늙은 주모의 입이 함지박만 하게 벌어졌다.

"아이코, 이게 무슨 일이다냐? 걸레, 이런 이놈의 입! 삼허 스님이 내려오시는 걸 보니 봄은 봄인 모양이네. 암자엔 별고 없고 겨울은 무사히 넘기셨어요?"

주모는 버선발로 뛰어나오며 조선 팔도의 방정은 혼자서 다 떨어 댔다.

"여부가 있겠나. 곡차 냄새에 이끌려 예까지 내려오지 않았겠는가. 어서 곡차부터 내놓으시게."

"호호호, 곡차는 아직도 못 끊으셨구려. 조선 천지에 술 자시는 스님이 우리 스님 말고 또 있을까."

늙은 주모는 연신 느물느물 입방아를 찧어 대면서도 금방 술상을 보아 왔다.

"자, 마음껏 드시우. 금년엔 처음으로 오셨으니 외상은 안 되고 그냥 공짜예요."

"이런 고마울 데가 있나. 곡차야, 너 잘 만났다."

걸레 스님은 걸신들린 사람처럼 허겁지겁 막걸리 사발을 비워 냈다. 그러는 스님을 흐뭇하게 바라보고 있던 주모의 눈길이 이번엔 묘남이에게로 돌아갔다.

"이 총각은 누구다냐? 가만 있자, 어디서 본 듯한 얼굴인데 혹시……?"

주모는 묘남을 이모저모 뜯어보았다.

"어깨가 딱 벌어지고 눈매가 어글어글한 걸 보니 혹시 여우골 장 서방네 외아들?"

"예, 그렇습니다."

묘남은 고개를 꾸벅 숙여 절을 했다. 아버지를 알고 있다는 점만으로도 주모에게 친근감이 들었다.

"아이코, 이 덩실한 코랑 떡판 같은 가슴이랑 어쩌면 그리

아비를 빼박았을꼬."

주모는 묘남이의 손을 꽉 부여잡고 눈물을 글썽였다.

"내 말을 들었더라면 그런 변은 안 당했을 텐데⋯⋯. 날이 밝으면 떠나라고 그렇게 말려도 기어이 쇠고집을 부리더니⋯⋯."

묘남은 아버지 생각에 목이 메었다. 아버지는 아들을 한시라도 빨리 보고 싶은 마음에 위험을 무릅쓰고 한밤중에 여우고개를 넘었을 것이었다.

"생과 사는 손바닥의 위와 아래와 같은 것, 업연이 그리 얽혀서 그렇게 된 것인데 이제 와서 한탄한들 무슨 소용이 있겠는가."

어느새 술 초관을 말끔히 비운 걸레 스님이 바랑을 어깨에 메며 조용히 말했다.

"이 아이는 이제 여우골 장 서방의 아들이 아니라 대중의 아들이라네. 애야, 그렇지 않느냐?"

묘남은 잠자코 고개를 끄덕였다. 스님의 말이 옳았다. 부모님은 어차피 세상을 버린 분들, 이제 고초 받는 수많은 사람들을 아버지 삼고 어머니 삼을 생각이었다.

"어디 먼 데 가시는가요?"

주모가 삽짝문까지 따라 나오며 물었다.

"흥국사를 한 보름 다녀오려네. 이 아이 세상 구경도 시킬 겸. 곡차, 고마웠네. 돌아올 때 마실 것도 아껴 놓으시게."

"걱정도 팔자라더니 별 걱정을 다 하시네. 율촌 앞바다가 말랐으면 말랐지, 우리 집 술 마르는 것 보셨어요?"

껄껄껄 너털웃음 소리를 남겨 놓고 스님은 늙은 주모의 주막을 나섰다.

적지 않은 막걸리를 마셨는데도 발걸음이 조금도 흐트러지지 않았다.

"석창에 가서 요기를 하고 오늘 밤은 흥국사로 가서 나자꾸나."

걸레 스님은 묘남이를 앞장 세웠다. 흥국사로 가서 만혜 큰스님으로부터 세상 돌아가는 얘기를 듣고 왜놈 첩자들 처리 문제를 의논하고 승병들의 검술 지도도 해 줄 생각이었다. 물론 묘남이의 눈을 키워 주는 것도 중요한 목적 중의 하나였다.

이따금 마주치는 사람들의 얼굴은 한결같이 누렇게 뜨고 무표정했다. 그들의 머릿속에는 너나없이 먹거리 걱정으로 가득차 있을 것이었다. 마른 논에 물 들어가는 것과 자식 입에 밥 들어가는 것이야말로 가장 보기 좋고 재미스럽다는 그들이었다. 그런데 밥 달라고 칭얼대는 어린것들을 밥 대신 매로 다스려야 하는 그들의 안타까운 심정은 말이나 글로써도 나타낼 수 없었다. 딱하고 안쓰러운 마음에 스님은 사람들 마주치는 것이 두려웠다.

"허, 날씨가 제법 뜨겁구나."

걸레 스님은 손등으로 이마의 땀을 훔쳐 냈다. 해가 중천에

떠 있어서 햇살이 제법 따가웠다.

남도의 봄은 오는가 싶게 금방 지나간다. 이제 곧 여름이 올 것이었다. 보리가 나면 사람들의 배고픔도 한시름 덜게 되고 인심도 지금처럼 흉흉하지는 않을 것이었다.

국사봉의 고갯마루에 올라서자 올망졸망 모여 있는 마을의 집들과 들판이 한눈에 들어왔다. 바람에 일렁일렁 푸른 물결을 이루고 있는 보리밭들이 보기에 좋았다.

"저 들판과 마을을 보아라. 저기가 밤촌, 바로 율촌이다. 얼마나 평화로우냐. 저것이 다 백성들의 것이라면 얼마나 좋겠느냐."

묘남은 주먹을 꽉 쥐었다. 어려서부터 신물이 나도록 보아 오고 겪어 왔던 가난, 이 가난 때문에 아버지는 장사꾼이 되었다. 뼈 빠지게 일을 하여도 주인에게 바치고 나면 남는 게 없어 늘 빚만 쌓여 가는 농사를 때려치우고 아버지는 섬과 산중을 갈마들며 등짐장사를 하였다. 그래서 묘남은 아버지와 함께 있는 날보다 떨어져 있는 날이 더 많았다. 그래서 아버지는 묘남에게 언제나 그리움이었다.

"묘남아."

스님의 목소리는 무겁고 엄숙했다.

"가혹한 말이 될지 모르겠다만 네 아비 어미가 그렇게 먼저 간 것은 묘남이 너를 큰 나, 대아(大我)로 거듭나게 하려는 부처님의 뜻이 아닌가 한다."

"……."

"세상의 모든 대중을 가족으로 여기는 대아를 가져야 큰 그릇이 된다. 묘남이 너는 큰 그릇이 될 자질을 타고났다. 일찍이 네가 세 살 때 관상을 보아 나는 이미 그것을 알고 있었느니라. 저 백성들을 보아라. 관의 멸시와 왜구들의 만행 그리고 굶주림에 허덕이면서 모진 목숨을 이어가고 있지만 그들 역시 하늘이 낸 귀한 생명들이 아니더냐. 부지런히 힘을 기르고 무예를 익혀서 가엾은 중생들의 편에 서도록 하여라. 어쩌겠느냐? 그렇게 하겠느냐?"

걸레 스님은 이글이글 타는 눈빛으로 묘남을 바라보았다.

"예!"

묘남의 대답은 짧고 힘이 있었다. 스님은 만족했다. 별의별 번드르르한 말보다 묘남이의 짧고 힘진 그 한마디의 대답이 더 믿음직스러웠다.

율촌의 새터마을이 점점 가까워지고 있었다. 산밭을 일구는 사람들이 드문드문 눈에 띄었다.

맞은편의 밤나무 숲에서 장끼가 푸드덕 날아올랐다. 무심코 그 쪽으로 눈길을 돌리던 걸레 스님은 갑자기 긴장으로 몸이 굳어짐을 느꼈다. 이 쪽으로 휘적휘적 걸어오고 있는 사나이, 그에게서 가슴 섬뜩한 살기가 서리서리 뻗쳐 나오고 있었다. 무겁게 짓눌러 오는 기운으로 보아 예사 검객이 아닌 듯했다.

"내 옆으로 바짝 오너라."

스님은 앞서 가던 묘남을 뒤로 서게 하고 지팡이를 잡은 손에 지긋이 힘을 끌어 모았다. 여차하면 속에 감춰진 칼을 뽑을 생각이었다.

사나이가 눈앞까지 바짝 다가왔다. 조선 옷을 입고 있었지만 일본인이라는 것을 금방 알 수가 있었다. 그의 옷자락 속에 감춰져 있는 것도 일본도가 틀림없었다.

'왜인 검객, 후쿠이?'

직감이었다. 후쿠이라는 조선말을 아는 일본 검객이 오래 전부터 남도에 들어와 있는데 그의 검 앞에 적수가 없다는 풍문을 들어 온 터였다.

사나이도 걸레 스님이 보통 사람이 아니라는 것을 직감으로 느낀 모양이었다. 바짝 긴장을 하면서 불의의 공격에 대비하는 자세를 취했다. 그는 털끝만큼의 빈틈이나 흐트러짐을 보이지 않고 얄미울 정도로 침착하게 스님 옆을 스쳐 지나갔다.

후쿠이와의 거리가 멀어지자 걸레 스님은 한숨을 속으로 삭였다. 칼을 맞대지도 않았는데 등줄기에 진땀이 흥건히 배어 있었다. 온몸에서 날카로운 검기가 줄기줄기 뻗쳐 나오는 무서운 검객이었다. 걸레 스님은 후쿠이야말로 지금까지 만난 숱한 무사들 중에서 가장 강한 상대라는 것을 본능적으로 느끼고 있었다.

"그 사람은 누구입니까?"

묘남도 후쿠이가 보통 검객이 아니라는 것을 느꼈는지 부르르 몸서리를 치며 물었다.

"내 짐작이 틀리지 않는다면 후쿠이라는 왜인 무사일 것이다."

"왜인? 왜놈이 왜 우리 땅에 있지요? 왜놈을 왜 가만히 두지요?"

묘남의 눈이 적개심으로 활활 타올랐다. 묘남은 미산의 부모 형제를 무참히 죽인 원수가 바로 왜구들이라는 것을 알고 있었다.

"일본인이라고 해서 모두 왜구는 아니잖느냐. 왜구는 쓰시마 섬에 본거지를 둔 해적들이고 일본인들은 세종 임금 때부터 몇몇 항구를 열어 주었기 때문에 우리 나라에 들어와 장사를 할 수가 있다."

"아까, 그 자는 아주 강한 자입니까?"

"그렇다. 어쩌면 나도 그 자의 적수가 못 될지도 모르겠다. 그러나 묘남이 네가 미산과 더불어 쌍검을 완성하고 나면 그때는 천하에 적수가 없을 것이다. 으허허허!"

걸레 스님의 호탕한 웃음소리에 놀랐는지 노고지리 두 마리가 보리밭에서 튀어 올라 '쪽조글 뿌글뿌글 노글노글노글.' 수선을 떨어 댔다.

"어서 오십시오. 먼 길 오셨습니다."

만혜 스님이 맨발로 뛰어나와 걸레 스님을 맞이하였다.

"별고 없으셨습니까? 큰스님은 기력이 여전해 보이십니다."

걸레 스님은 허리를 깊숙이 숙였다. 묘남이도 따라서 절을 하였다.

"도 닦는 늙은 중에게 무슨 별일이 있겠습니까. 절 식구가 좀 늘었습니다."

만혜 스님은 작년에 칠순을 쇠었는데도 여전히 얼굴빛이 붉고 자세가 꼿꼿했다. 허연 눈썹과 맑은 눈빛이 성품이 인자하면서도 강직해 보였다.

"식구가 좀 는 게 아니라 절 안이 아예, 연병장 같습니다."

"일본의 낌새가 왠지 예사롭지 않아서 승병을 모으고 있는 중입니다. 식구가 늘다 보니 양식이 걱정입니다."

"손님 앞에서 양식 걱정이라니, 저더러 빨리 떠나라고 채근하는 소리로 들립니다그려."

걸레 스님의 말에 만혜 스님이 질겁을 하였다.

"허, 그 손님, 귀 하나는 여전히 벽창호로다. 설마 한들 내가 삼허를 굶기겠습니까. 나중에 무슨 해코지를 당하라고."

걸레 스님의 입술에 미소가 걸리었다.

"큰스님 귀도 여전히 벽창호로세. 농담도 못 알아듣습니까?"

두 스님은 껄껄껄 소리 높여 웃었다. 두 어른의 정다운 모습이 보기 좋아서 묘남이도 빙그레 미소를 지었다.

"인사 올려라. 이 어른이 바로 만 자, 혜 자, 만혜 큰스님이 시니라."

만혜 스님에 대한 이야기를 은적암에서 자주 들었던 터라 묘
남은 친근감이 느껴졌다.

"평안하셨습니까? 인사가 늦었으니 꾸짖어 주십시오."

묘남이가 허리를 깊이 숙여 공손하게 절을 올리자 만혜 스님
은 황급히 합장을 하였다.

"그게 무슨 소린가. 삼허가 늘그막에 처음으로 둔 제자인데
아직 찾아보지 못했으니 내가 죄인일세. 허, 이 사람, 잘생겼도
다!"

만혜 스님은 묘남을 흐뭇하게 바라보았다. 어린 나이에 너
무 어른스러운 것이 가슴 아프기는 하였으나 묘남의 형형한 눈
빛이나 듬직한 모습이 더없이 믿음직스러웠다. 큰 인물이 될
상이 틀림없었다.

"여기서 이러고 있을 텝니까? 어서 안으로 드십시다. 먼길
에 시장할 텐데 공양부터 하셔야지요. 영취산 봄취가 제법 맛
이 들었습니다."

만혜 스님은 걸레 스님과 묘남을 주지실로 이끌었다. 주지
실은 조그맣고 아무런 장식도 없이 검소했다. 주인의 인품이
그대로 드러나는 듯하였다.

밥상도 마찬가지였다. 멀건 나물죽 한 그릇씩과 장 한 종지,
취나물 한 접시 그리고 맑은 물 한 사발이 저녁 식사의 전부였
다. 주지 스님의 이 초라한 밥상이 흥국사의 식량 사정을 그대

로 말해 주고 있었다.

"일본의 낌새가 예사롭지 않다는 것은 무슨 뜻입니까?"

죽 그릇을 물로 씻어 마시고 나서 걸레 스님이 물었다.

"도요토미 히데요시가 일본을 장악하였습니다. 그 자가 보통 야심가입니까?"

"……."

"무슨 구실이라도 들먹이며 조선을 침공해 올 것입니다."

"조정에서는 모르고 있을까요?"

"왜 모르겠습니까. 율곡이 십만 병을 길러야 한다고 주장하고 있고 눈이 밝아 알 만한 사람들은 다 알고 있겠지요. 그러나 어쩌겠습니까. 아차 하다가는 반대파에게 역적으로 몰려 떼죽음을 당할 판인데 입을 봉하고 있을 수밖에는."

"한심한 인사들! 썩어 빠진 인사들!"

걸레 스님이 주먹으로 방바닥을 쿵 내리쳤다.

"그렇지 않아도 백성들 사는 게 사는 것이 아닌데 전쟁까지 일어난다면……. 장차 이 노릇을 어찌한단 말인가."

걸레 스님의 눈앞에는 굶주린 백성들의 누렇게 부황든 얼굴이 떠올랐다.

왜놈들이 쳐들어온다면 벼슬아치들이나 부자들은 제 목숨 도망하기에 급급할 것이 불 보듯 뻔했고 죽어 나는 것은 가엾은 백성들일 것이다. 그들은 아무런 죄도 없이 왜놈들의 무자비한 창칼에 피를 뿌리며 쓰러져 갈 것이었다.

"조정을 믿을 수가 없어서 우리 중들이라도 나서기로 했습니다. 나라와 백성들이 있고 부처님이 있는 것이 아니겠습니까."

만혜 스님의 목소리는 침통했다.

"왜놈들이 우리 지방을 쳐들어오면 목탁 대신 죽창을 들고 나가 싸우겠습니다. 우리 땅은 우리의 힘으로 지킬 수밖에 없습니다. 우리네 땅이 어떤 땅인데 왜놈들의 더러운 발을 들여놓게 합니까. 삼허! 삼허의 검술을 우리 승병들에게 가르쳐 주십시오."

갑자기 걸레 스님이 무릎을 꿇더니 만혜 스님에게 큰절을 하였다.

"삼허! 이게 무슨 짓입니까!"

만혜 스님이 질겁을 하며 걸레 스님을 일으켜 세웠다. 그러나 걸레 스님은 여전히 꿇은 무릎을 풀지 않았다.

"큰스님이야말로 생불입니다. 이 땅에 큰스님 말고 이렇듯 백성들을 아끼는 사람이 또 어디에 있겠습니까. 이 걸레, 부족하지만 큰스님의 명에 기꺼이 따르겠습니다."

"고맙소이다. 삼허의 검을 얻었으니 천군만마를 얻은 것 같습니다."

두 스님은 서로의 손을 굳게 맞잡았다.

두 어른의 이야기를 옆에서 들으면서 묘남은 가슴 벅찬 감동을 느꼈다. 자기 한 몸 내던져서 뭇 백성 구하는 씨알이 되고자

하는 두 어른이야말로 살아 있는 부처님처럼 거룩하게 보였다.

그러나 두 어른의 이야기는 갈수록 가슴을 답답하게 하였다. 여수·순천·광양·해남 등지의 해안 지방에 대낮에도 버젓이 돌아다니는 일본인들의 수가 점점 늘어나고 있으며, 그들은 대부분 지형이나 군사 기밀을 탐지하는 첩자들이라는 것이었다. 더욱 놀라운 것은 최근에 일본 첩자들과 왜구들이 손을 잡고 여수와 순천을 잇는 관문에다 비밀 요새를 만들어 전쟁이 나면 안팎으로 내통하여 승기를 잡으려 한다는 정보가 승군에게 잡혔다고 했다. 그러나 관에서는 그런 낌새를 전혀 알아차리지 못하고 있을 뿐 아니라 아예 관심조차 없다고 하니 기가 막힐 뿐이었다.

'맞아! 우리 땅은 우리가 지키는 수밖에 없어!'

묘남은 주먹을 불끈 쥐었다. 그리고 다시 두 어른의 이야기에 귀를 기울였다.

"만약, 삼허가 눈이 있는 일본인이라면 비밀 근거지를 어디에다 차리겠습니까?"

만혜 스님의 질문에 걸레 스님의 얼굴이 창백해졌다. 율촌 부근이 아니겠는가. 율촌은 광양만 뱃길이 있어 순천과 여수에 쉽게 닿을 수 있고 육로 또한 쉽게 통할 수 있는 관문 중의 관문이었다. 그리고 율촌 부근에서 공격하기 가장 어렵고 수비하기 가장 쉬운 곳은 여우산 자락 깊숙이 숨어 있는 마을, 바로 여우골이었다.

'그래서 후쿠이가?'

낮에 만났던 왜인 무사 후쿠이가 떠올랐다. 느낌만으로도 알 수 있는 강적 중의 강적, 그가 여우산이 바로 지척인 국사봉까지 나타난 것은 결코 예사로운 일이 아니었다.

"여우고개에다 성을 쌓아야겠습니다."

만혜 스님은 걸레 스님이 벌써 자기의 말뜻을 알아차렸다는 것을 알고 빙그레 웃었다.

"여우골이지요? 은적암도 표적이 될 수가 있습니다. 그러나 굶주린 사람들이 성 쌓기가 어디 쉬운 일이겠습니까? 우리도 돕겠습니다."

"감사합니다, 큰스님. 제가 큰스님 명을 따라 여기에 오길 잘했습니다."

"우리 땅을 지키는 데 너 나가 어디 있겠습니까. 어서 평화로운 시절이 오기를 부처님께 발원해야지요."

두 스님의 얼굴에는 짙은 먹구름이 끼어 있었다.

사랑이란 아픔

칼여치 울음소리가 온 산자락을 다 베어 낼 듯이 자지러지고
있었다.

찌르르, 찌르르……

찌르르, 찌찌르르……

하찮게 들어 오던 여치 소리가 이렇게 가슴을 베어 낼 줄은
미처 몰랐다. 여치 소리 속에 눈물이 들어 있다는 것도 처음 알
았다. 미랑은 어머니의 무덤 앞에서 칼여치를 따라 소리 죽여
흐느꼈다.

묘남의 웃는 얼굴이 눈앞에 떠올랐다.

미웠다. 아니 죽이고 싶었다. 시퍼렇게 날선 칼을 휘둘러 어
머니의 몸에 피를 뿌리게 하던 장묘남! 이 세상에 둘도 없는 정
말이지 가장 사랑했던 어머니였다. 그런데 그 어머니를 다른
사람 아닌 묘남 도령이 죽인 것이다. 그것도 눈앞에서 처참하

게 아주 처참하게.

'내 어머니의 원수! 장묘남 널 죽일 거야!'

미랑은 이를 악물었다.

"어머니, 제가 어리석었어요. 제 어리석음 때문에 어머닌 비명에 돌아가셨어요. 이 불효자식을 용서하세요. 어머니의 원수는 제가 꼭 갚을게요."

또 눈물이 쏟아졌다. 어머니, 정말이지 가장 사랑했던 어머니! 사람이 되고자 하는 딸의 염원 때문에 간이란 간은 다 졸이면서 수많은 사람들의 간을 빼어 오고 보통의 인연으로는 꿈에서도 만날 수 없다는 백년 산삼까지 구해다 준 어머니! 그런데 그 어머니를 묘남 도령이 죽였다. 다른 사람도 아닌 꿈에서도 못 잊던 바로 그 사람, 어머니가 목숨을 걸고 구해 온 백년 산삼을 아낌없이 바쳤던 그 사람 장묘남이.

'왜 그랬어, 응? 왜 그랬어, 이 바보야! 우리 어머니가 너의 아버지를 죽인 건……'

그러나 미랑은 자신이 없었다. 사람이 되기 위해서 남의 아버지를 죽였다는 것은 결코 변명이 될 수가 없었다. 묘남이도 결국은 아버지의 원수를 갚은 것이었다.

'아, 어머니, 난 어떡하면 좋아요, 네?'

미랑은 느껴 울었다. 칼여치보다 더 섧게 더 섧게. 그러다 문득 눈을 부릅떴다.

'장묘남, 내가 한때 널 좋아한 건 사실이지만 그래서 여태 널

죽이지 못하고 있었지만, 그렇지만 이젠 아니야. 내 어머닐 죽인 널 용서할 수 없어. 절대로, 절대로!'

미랑은 그렇게 마음을 다지려고 애를 썼다. 어머니를 죽인 원수는 결코 용서할 수가 없었다. 그 원수를 용서한다면 그것은 어머니의 사랑에 대한 배신이었다.

'장묘남, 널 죽이겠어.'

미랑은 이를 뽀드득 갈면서 벌떡 일어섰다.

은적암을 향해 달렸다. 묘남 도령을 죽이고 자기도 죽을 생각이었다. 묘남 도령이 없다면 굳이 사람이 되어야 할 이유가 없었고 또 굳이 살아야 할 까닭도 없었다. 그 싫은 사람의 간을 먹은 것도 어머니에게 백년 산삼을 조른 것도 결국은 묘남 도령 때문이었다.

사랑하는 사람을 자신의 손으로 죽여야 한다는 것이 슬펐다. 그러나 어찌할 수가 없었다. 악연이라는 생각이었다. 묘남 도령이 어머니를 죽여 아버지의 원수를 갚았듯 미랑은 이제 어머니를 죽인 원수를 죽이면 되는 것이었다.

은적암이 점점 가까워지고 있었다. 절이 가까워지면 가까워질수록 미랑의 발걸음은 느려졌다.

'정말, 난 그 사람을 죽일 수 있을까?'

자신이 없었다.

'차라리, 그 사람이 좋아하는 미산이란 여잘 죽여 가슴을 아프게 해 줄까?'

미산을 생각하자 불 같은 질투심이 끓어올랐다.

'아니야, 아니야, 그건 안 돼. 그 여잔 죄가 없어. 죄 없는 사람을 죽이는 건 나쁜 짓이야. 장묘남, 그 사람이 원수니까 그 사람을 죽여야 해.'

미랑의 가슴을 에는 것은 이제 어머니의 죽음에 대한 슬픔과 분노보다는 묘남 도령에 대한 사랑의 아픔이었다.

'오빤, 아니 형은 지금 뭘하고 있을까?'

잠을 이룰 수가 없었다. 가슴이 텅 빈 것 같고, 도무지 마음이 안정되질 않았다.

'형도 내 생각을 하고 있을까?'

눈물이 찔끔 났다. 묘남이 은적암에 없음으로 해서 생긴 빈자리가 이렇게 크고 깊을 줄은 정말이지 미처 몰랐다.

미산은 목검을 들고 암자 뒤의 연무장으로 나갔다. 달빛이 좋아 사방이 대낮 같았다.

칼을 뽑아 드니 또 묘남 생각이 났다. 자상한 데라고는 바늘 끝만큼도 없고 늘 꼭 할 말만 하는 무뚝뚝한 사람. 그런 멋대가리 없는 사람이 왜 이렇게 갈수록 좋아지는지 모를 일이었다.

'흥! 바보, 멍청이!'

미산은 옥녀신침의 검법을 펼쳐 내었다. 이 검법은 마치 여인이 바느질하듯 섬세한 그러나 따지고 보면 묘남의 힘을 바탕으로 한 검법의 허점을 방어해 주는 날카로운 검법이다. 쌍검

의 가장 핵심이 되는 검법이었고 걸레 스님의 필생의 작품이기
도 했다.

이마에 땀이 송송 맺혔다. 묘남의 유운청산 검법과 더불어
이 검법이 펼쳐지면 그 어떤 무술도 당해 내지 못할 것이었다.
그것은 걸레 스님의 꿈이었고 미산이 묘남과 더불어 마음이 하
나 되는 기쁨의 순간이기도 했다.

"핫! 야앗!"

미산이 옥녀신침의 검법을 마무리짓고 숨을 가다듬고 있을
때였다. 다복솔 뒤에서 무슨 소리가 났다.

"누구얏?"

미산은 소리나는 곳으로 번개같이 몸을 날렸다. 웬 젊고 예
쁜 여자가 파랗게 불똥이 튀는 눈으로 쏘아보고 있었다. 미산
은 한눈에 그 여자가 늙은 구미호의 딸이라는 것을 알았다. 그
리고 파랗게 불똥 튀는 눈빛에서 그 여자가 묘남을 사랑하고
있다는 것을 알았다. 그것은 직감이었다.

"왜 왔어?"

미산은 두려움을 느꼈다. 늙은 구미호의 술법에 걸려 이미
죽음 직전까지 가 본 경험이 있기 때문에 겁이 덜컥 났다.

"그 사람……, 그 사람……."

구미호는 말을 잇지 못하고 바르르 떨고 있었다. 그러다가
이를 악물더니 차디차게 말했다.

"장묘남, 지금 어디 있지?"

"왜 찾지?"

"왜 찾느냐고? 네가 뭔데 그걸 물어? 임미산, 넌 여자지?"

"……"

미산은 당황했다. 자기가 여자인 것은 분명하지만 그것은 스님 말고는 누구도 알아서는 안 될 비밀이었다. 그런데 저 구미호가 어떻게 알았을까?

구미호가 한 걸음 한 걸음 다가왔다.

"너, 장묘남을 좋아하지?"

"……"

"말해. 좋아하지? 그렇지?"

"……"

"그 자식은 내 어머니를 죽인 원수야. 내가 죽일 거야. 그 자식, 어디 있어?"

미산은 정신이 번쩍 들었다. 묘남을 죽인다니, 그것은 말도 되지 않는 소리였다.

"내 형을 죽인다고? 내가 먼저 널 죽이겠다."

미산은 정신을 가다듬고 목검을 꼬나 쥐었다. 싸움의 승패는 싸움 직전의 마음 상태에서 이미 판가름 난다고 스님이 수없이 말했지만 왠지 가슴이 떨리고 구미호를 이길 것 같은 자신이 없었다.

"넌 그 사람을 사랑하는구나. 그렇다면 너부터 죽여 주지. 날 봐, 내 눈을 봐."

눈앞까지 바짝 다가와 미산의 목을 조이려던 구미호가 갑자기 몸을 부르르 떨었다.

"으흑! 너, 너……."

구미호는 가슴을 움켜쥐었다.

"비겁한 것! 그런 걸, 그런 걸……."

구미호는 파란 불똥이 이는 눈으로 미산을 쏘아보다가 고통스럽게 얼굴을 일그러뜨리며 다복솔 숲 너머로 홀쩍 사라졌다.

"휴우!"

미산은 한숨을 길게 내쉬었다. 스님의 부적이 목숨을 살려 준 것이었다.

묘남의 무뚝뚝한 얼굴이 떠올랐다.

'형! 형 지금 뭐 해? 내가 죽을 뻔한 걸 형 알아? 나 지금 형 보고 싶단 말야.'

눈물이 났다. 정말이지 묘남이가 보고 싶었다. 그리고 묘남에 대한 그리움이 더하면 더할수록 가슴이 시름시름 아리고 저렸다.

여우산성

사람들이 돌을 나르고 있었다.

남자들은 지게로 져 나르고 여자들도 머리에 이고 날랐다. 허리 굽은 노인들도 더러 보이고 아이들도 고사리 같은 손으로 제 머리통만 한 돌멩이를 나르느라 땀을 뻘뻘 흘리며 끙끙거렸다. 그들의 야위고 검게 탄 얼굴은 한결같이 수심으로 어둡게 흐려 있었다.

"이게 무슨 짓이여? 목구멍에 풀칠하기도 어려운 판에 이런 생고생을 사서 하다니⋯⋯."

늙수그레한 아낙 한 명이 땅이 꺼져라 한숨을 쉬며 주저앉았다.

"누가 아니랍니까. 빼앗아 갈 것이 어디 있으며 지킬 것이 뭐가 있다고 이런 고생을 사서 해요? 그 동안 흘린 땀을 모두 합치면 바다 하나는 만들고도 남을 거예요."

새카맣게 탄 젊은 여인이 머리에 이고 온 목침만 한 돌덩이를 쿵 부리고 나서 맞장구를 치며 퍼질러 앉았다.

"오뉴월 더위에는 암소 뿔이 물러 빠진다더니 날씨 한 번 덥네그려."

또 한 여인이 합세를 하여 자연스럽게 쉴 참이 되었다. 여인들이 모이면 으레 그렇듯 금방 이야기꽃이 무성하게 피어났다.

"난리가 날 거라더니 그 말이 참말일까요?"

"난리? 흥, 나라지 뭐."

"난리가 따로 있어? 굶어 죽어, 벼슬쟁이들한테 맞아 죽어, 왜구들에게 죽어, 이것이 난리지 이보다 더 큰 난리가 어디 있어?"

"하긴 그래요. 빌어먹을 세상, 차라리 콱 뒤집혀 버렸으면 좋겠어요. 이렇게 사는 게 어디 사는 건가요? 짐승만도 못한 목숨들……."

늙수그레한 여인이 젊은 여인의 옆구리를 쿡 찔렀다.

"이 사람아, 소리 낮춰. 저 어른 들으면 경 치려고 그러나?"

"들으라지요 뭐. 이래 죽으나 저래 죽으나 죽기는 매일반이지요 뭐."

그러면서도 젊은 여인은 걸레 스님 쪽으로 눈치를 흘끔 살피었다. 그들은 걸레 스님을 신뢰하였고 또 신뢰하는 만큼 두려워했다.

"왜놈들이 쳐들어오면 어쩌지요?"

예닐곱쯤 되어 보이는 여자 아이가 걱정스레 묻자 늙수그레
한 아낙이 눈을 부라렸다.

"쪼그만 게 무얼 안다고 그런 소리를 하누? 산 목구멍에 풀
칠도 하지 못해 여기저기 죽어 가는 사람들이 한둘이 아닌데,
그놈들이 무얼 빼앗아 먹겠다고 쳐들어오누?"

여자 아이는 괜한 말참견을 했다가 퉁만 맞고는 혀를 벌겋게
내밀며 슬그머니 꽁무니를 뺐다.

"난리가 난들 죽는 것은 힘없는 우리 천것들이지, 양반들이
야 금방 내빼지 않겠어요?"

"양반은 하늘이 점지해 주는 건가? 양반 한번 해 보았으면
원이 없겠네."

"타고난 팔자가 그러한데 누굴 원망하겠는가. 다음 세상
에는 상것으로 태어나지 않게 해 달라고 부처님께 비는 수밖
에……."

한동안 모두들 말이 없었다. 그들의 눈앞에는 고래등 같은 기
와집에 비단 옷에 그리고 고깃국에 하얀 쌀밥이 어른거렸다. 좋
은 집에서 좋은 옷, 좋은 음식으로 부모 봉양하고 자식들 호강시
킬 수 있다면 얼마나 좋으랴. 이런 생각은 그들의 야윈 얼굴을 한
층 더 어둡게 만들었다. 당장 끼니 때울 일이 걱정이었다. 송기도
철이 넘어 벗길 수가 없었고 칡뿌리도 물이 빠져 이제는 나뭇가
지나 다름이 없었다. 긴긴 해를 굶주림으로 넘길 일이 아득하기
만 했다. 그런데 그런 와중에 돌성 쌓는 일까지 해야 하는 것이었

다. 왜구들은 하늘 아래 둘도 없는 악귀요, 나찰 같다는 것을 알고 있는 터였지만 굶주림에 지친 그들에겐 성 쌓는 일이 부질없어 보였다. 그러나 여우골 사람들은 자신들이 정신적인 기둥으로 떠받드는 걸레 스님의 낯을 보아 어쩔 수 없이 성을 쌓고 있었다.

"묘남이 보셨어요?"

한 여인이 문득 생각난 듯 이야기를 돌렸다.

"보다마다. 불쌍한 것! 그 아이 생각할 때마다 눈물이 나더니……. 일 년도 채 안 된 새에 어쩌면 그렇게 헌헌장부가 다 되었나 몰라. 걸레 스님이 사람 키우는 재주도 있나 보지?"

"장차 큰사람이 될 아이야. 어른 알아보고, 어려운 사람들 도울 줄 알고……. 그 화등잔 같은 눈빛 좀 봐."

여인들의 얼굴에 잠시 밝은 빛이 돌고 있었다. 희망이라고는 없는 그들이었지만 그래도 나이 어린 묘남이의 기특하고 장부다운 모습을 보는 것은 기쁨이었다.

"그렇게들 온종일 입만 놀리고 있을 텐가?"

갑자기 카랑카랑한 호통 소리가 귀를 때렸다. 걸레 스님이었다.

"에구머니나! 이런 정신 좀 봐."

늙수그레한 아낙이 황급히 자리를 털고 일어났다. 다른 여인들도 혀를 내밀며 종종걸음으로 사라졌다.

다시 돌 나르기가 시작되었다. 사람들은 모두들 지쳐 있었다. 그러나 불평하지 않고 묵묵히 돌을 날랐다.

해가 중천에 떴을 때 한 떼의 스님들이 나타났다. 맨 앞에 선 사람은 흥국사의 발빠른 스님 광명이었고 그 뒤를 따르는 스님들은 모두 흥국사의 승병들로서 얼핏 봐도 쉰 명은 넘을 듯하였다. 그들은 하나같이 허리에다 주먹밥을 달고 있었다. 민폐를 끼치지 않으려는 만혜 스님의 마음씀이었다.

여우골 사람들과 흥국사 승병들이 어우러져 분주하게 돌을 날라 성을 쌓고 있을 때 여우고개 아래 주막의 늙은 주모가 막걸리 동이를 이고 허위허위 올라왔다.

"나는 장사 때문에 울력은 못 하고, 대신 막걸리나 낼랍니다."

환호성과 함께 금세 활기가 더해지고 이렇게 여우산성은 조금씩 조금씩 올라가고 있었다.

"둘 다 나를 따라 오너라."

걸레 스님은 꼭두새벽부터 묘남과 미산을 연무장으로 불렀다. 왠지 오늘은 스님의 얼굴에 초조한 빛이 서려 있었다.

"지금까지는 목검으로 연마를 했는데 오늘부터는 진검으로 한다."

스님은 검을 한 자루씩 나누어 주었다.

"뽑아라."

검을 집에서 뽑아 내자 스르렁 검 우는 소리와 함께 써늘한 빛이 쏟아져 나왔다.

"검이 일단 집 밖으로 나오면 적을 쓰러뜨리든가 내가 쓰러지든가 둘 중 하나다. 싸움의 승패는 시작하기 직전에 이미 판가름 나는 법. 이긴다는 자신감으로 상대를 제압해야 한다. 묘남의 유운청산과 미산의 옥녀신침 검법을 동시에 펼쳐서 나를 공격하거라."

걸레 스님은 말을 채 끝내지도 않고 다짜고짜 지팡이로 미산의 머리를 후려갈겼다. 미처 준비를 하지 못한 미산이 당황하여 쩔쩔매고 있는 사이 묘남의 검이 번개같이 뻗어 나가 미산의 머리에 떨어지는 지팡이를 막았다. 쨍! 박달나무 지팡이와 검이 맞부딪치는 소리가 희붐한 새벽 하늘을 갈랐다.

"간닷!"

스님의 지팡이가 풍차처럼 돌아가며 이번에는 묘남의 허리와 어깨, 머리를 동시에 노리고 파고들었다. 쨍쨍쨍! 묘남의 검이 세 곳의 공격을 막아 내는 동안 비로소 정신을 차린 미산이 스님의 다리를 공격하였다. 그러나 스님은 미산의 검은 본체만체하며 잇따라 묘남을 공격하였다. 스님의 공격이 워낙 거칠고 인정사정없어서 묘남의 자세가 크게 흐트러졌다. 아슬아슬하게 지팡이를 피하며 버티고 있었지만 금방이라도 지팡이에 맞고 쓰러질 것 같아서 미산은 피가 마르는 듯하였다.

"형, 정신 차려요!"

미산의 공격이 독해지기 시작했다. 자신의 몸을 돌보지 않는 위험한 공격이었다. 묘남의 자세가 바로 잡히고 일 대 이의 싸움은 이제 균형을 이루고 있었다.

희붐하던 여우산의 먹선 같은 어깨 위로 해가 붉은 눈썹을 내밀기 시작할 무렵, 이윽고 걸레 스님이 공격을 거두었다. 스님과 묘남의 숨결은 조용한데 미산은 숨이 턱에 닿아 있었다.

"많이 늘었구나. 둘이 힘을 합치면 어지간한 상대에겐 몸을 지킬 수 있겠다. 그러나 미산, 수비를 하지 않는 공격이 어디에 있다더냐? 네가 다치면 묘남의 공격이 힘을 발휘하지 못한다는 것을 잊었느냐?"

꾸중을 하면서도 스님의 얼굴 한구석에는 흐뭇한 미소가 배어 있었다. 묘남을 생각하는 미산의 마음이 기특하고 사랑스러웠던 것이다. 그러나 겉으로는 조금도 내색을 하지 않았다.

"보리가 나와서 백성들의 굶주림은 한시름을 덜게 되고 여우산성도 이대로 가면 겨울이 오기 전에 완성을 볼 것 같구나. 허나 걱정은……."

스님은 잠시 말을 끊었다가 다시 무거운 목소리로 이어 갔다.

"후쿠이라는 왜인 첩자의 움직임이 심상치 않구나. 그 자가 비밀리에 남도에 흩어진 왜인들을 모으고 있는 걸 보면 무슨 꿍꿍이속이 있는 게 분명하다. 만약 그놈들이 왜구들을 불러들여 일을 벌인다면……."

스님의 눈에 번갯불처럼 날카로운 빛이 스쳐 갔다.

"다녀올 데가 있다. 내가 없는 동안 성 쌓는 일은 묘남이가 지휘하도록 하여라."

묘남과 미산이가 동시에 물었다.

"먼 데 가십니까?"

"언제 돌아오시는데요?"

스님은 쓸쓸하게 미소를 지었다.

"가 봐야 알겠구나. 너희 둘은 여우골의 아니 좌수영의 희망이니 쌍검 연마에 게을리해서는 안 된다. 만약 여우골을 손에 넣으려는 왜놈 무리들이 나타나거든 목숨을 걸고 싸워서 물리쳐라. 여우골이 떨어져 그놈들의 근거지가 되면, 전쟁이 터질 때 좌수영도 쉽게 떨어지게 된다. 국사봉에서 봉화가 오르면 여우골 사람들이 즉시 성으로 달려올 것이다. 모두 힘을 합쳐서 한 사람도 안 남을 때까지 목숨을 바쳐 싸워라. 왜놈들의 더러운 발길에 우리 땅을 더럽힐 수는 없지 않으냐. 끝까지 버티거라. 봉화가 닿으면 흥국사에서도 달려올 것이다."

묘남과 미산의 얼굴에 불안한 빛이 떠올랐다. 스님의 말이나 행동이나 표정이 전에 없이 비장하여 예사롭지가 않았다. 왠지 모를 불안함, 그것은 불길한 예감이었다.

"나는 언제 돌아오게 될지 모르니 기다리지 말거라."

걸레 스님은 불안한 빛이 가득 서린 묘남과 미산의 눈길을 애써 외면하며 총총히 은적암을 떠났다.

삐잇, 찌이, 삐이.

삐잇, 찌이, 삐이.

일찍 잠을 깬 되솔새가 소나무 가지에서 휘파람을 불고 있었다. 그 소리를 들으면서 은빛 여우 미랑은 생각에 잠겨 있었다.

'어머니, 용서하세요. 저는 묘남 도령을 죽일 수가 없어요. 도저히, 도저히 제 손으론…….'

달포 전에 묘남을 죽이러 은적암엘 갔던 일이 떠올랐다. 묘남 도령의 얼굴도 보지 못한 채 미산의 부적에 놀라 쫓겨 왔었다. 그러나 지금 생각하면 그것이 오히려 잘 된 일이라는 생각이었다. 아무리 생각해 봐도 묘남 도령을 죽이지 못했을 것이고, 잘못했다가는 서로의 상처와 한만 깊이 쌓는 결과가 되었을 것이었다. 그러나 미산의 눈빛이 마음에 걸렸다. 미산은 묘남 도령을 깊이깊이 사랑하고 있음이 분명했다.

'도령을 탓할 순 없어. 도령은 내가 누구인지도 모르고 내가 백년 산삼을 바친 것도 모르고 있어. 내가 자기를 사랑한다는 것도……. 그리고 그 사람이 죽인 여우가 내 어머니라는 것도 모르고 그런 거야. 묘남 도령은 부모의 원수를 갚았을 뿐…….'

미랑은 이미 묘남을 용서하고 있었다. 자신과의 모진 싸움 끝에 미움을 이겨 낸 것이었다. 복수는 또다른 복수를 낳을 뿐 용서야말로 사랑하는 사람을 가장 사랑하는 길이라는 깨달음은 묘남을 더 이상 어머니를 죽인 원수가 아니게 했다. 그리고 대가를 바라는 것은 사랑이 아니라는 깨달음도 얻었다.

늙은 어머니가 딸에게 지극한 정성을 바쳤던 것은 대가를 바라고 한 일이 아니었다. 어머니는 딸이 좋아하는 모습 보는 것을 가장 좋아했다.

아무런 조건 없이 주고 또 주는 것이야말로 가장 진정한 사랑일 것이었다.

'도령을 먼발치에서 바라볼 수 있는 것만으로도 난 행복해. 그 사람의 행복은 바로 나의 행복이야.'

미랑은 그렇게 마음을 정했다. 어차피 여우와 인간은 인연이 아닐 터, 여우산 속에서 같이 숨쉬며 같이 살고 있는 것만으로도 행운이었고 그리울 때 몰래 가서 얼굴을 볼 수 있는 것만으로도 크나큰 행복이었다.

'도련님, 난 당신의 그림자예요. 당신 뒤에 숨어서 지켜 줄 거예요. 알아 주지 않아도 좋아요. 난 그저 도련님이 행복하기만 하면 그만이에요.'

미랑은 은적암으로 이어지는 가르마 같은 오솔길을 바라보았다. 날이 조금 더 밝아지면 묘남이 저 길로 나타날 것이었다. 묘남은 하루도 빠짐없이 아침 일찍 여우고개로 나가 돌성을 쌓고, 밤이 으슥해야 은적암으로 돌아온다. 오늘 아침도 길목을 지키며 숨어 있다가 그립고 보고 싶은 묘남 도령의 얼굴을 몰래 볼 생각이었다.

'돌성은 왜 쌓을까?'

미랑은 그것이 궁금했다. 여우골 사람들은 물론 이틀 사흘 거리로 어디서 왔는지 중들까지 떼거지로 나타나 여우고개에다 돌성을 쌓는 것이었다. 사람들의 얼굴이 한결같이 어둡고 수심에 차 있어서 미랑도 덩달아 불안을 느꼈다. 더구나 칼을 숨긴 낯선 사람들이 심심찮게 여우산에 나타나기도 했다.

가슴을 떨리게 하는 왠지 모를 불길한 예감, 이 불길한 예감이 묘남을 보고 싶은 마음과 더불어 미랑을 은적암의 길목을 지키게 하는 또 하나의 까닭이었다.

멀리 사람 그림자가 나타났다. 휘적휘적 바람 같은 걸음걸이로 보아 한눈에 걸레 스님임을 알 수 있었다.

흑 비명을 속으로 삼키며 미랑은 풀숲에 납작 엎드렸다. 가슴을 꿰뚫는 것 같은 스님의 날카로운 눈빛은 떠올리기조차 두렵고 무서웠다.

"또 여기에 있었구나."

금방 스님의 모습을 보았다 싶은데 어느새 목소리가 머리 위에서 들렸다.

미랑은 더욱 납작하게 엎드렸다.

"그럴 것 없다. 일어나거라."

스님의 목소리가 미랑을 일으켜 세웠다. 부드럽고 나지막한 목소리였지만 거역할 수 없는 힘이 들어 있었다.

"너로구나. 묘남이를 구한 게."

"……."

대답을 할 수가 없었다. 그저 떨리기만 했다.

"무엇으로 묘남이를 구했느냐?"

"……."

"말하거라. 네가 묘남이를 은애하는 마음을 내 이미 알고 있

었느니라."

눈물이 찔끔 솟았다. 묘남이를 은애하는 마음을 알고 있었
다는 말 한마디가 스님에 대한 두려움을 말끔히 가시게 하고
대신 친근감을 느끼게 했다.

"백년 산삼이에요."

"무어? 백년 산삼!"

스님의 눈이 복숭아만큼 커졌다.

"네가 그것을 묘남에게 주었단 말이냐?"

"……."

잠시 놀란 얼굴로 서 있던 걸레 스님이 이윽고 고개를 끄덕
끄덕 주억거렸다.

"그랬었구나. 그래서 묘남이에게 그런 강한 힘이 생겼구나."

스님이 미랑의 눈을 들여다보았다. 스님의 눈에는 이제 가
슴을 꿰뚫는 것 같은 날카로운 눈빛 대신 한없는 정다움이 그
득 실려 있었다.

"부처님이 내 원을 듣고 너를 보내셨구나."

스님은 미랑에게 합장을 하고 허리를 깊숙이 숙였다.

"내가 하지 못한 일을 여우인 네가 했구나. 고맙다. 내가 살
아서 돌아온다면 너의 소원을 이루어 달라고 나도 부처님께 발
원을 하겠다."

걸레 스님은 미랑에게 다시 한 번 합장을 하고 총총히 여우
고개 쪽으로 사라졌다.

'아, 스님!'

웬일일까. 미랑은 자꾸만 눈물이 솟았다. 그 두렵고 무섭던 스님이 갑자기 어머니처럼 가깝게 느껴지는 것이었다.

'살아서 돌아온다면?'

문득 귀에 남아 있던 스님의 말이 미랑을 소스라치게 했다.

'위험하다!'

여우만이 느낄 수 있는 본능적인 예감이 몸을 떨리게 했다.

'스님!'

미랑은 머리에 쓴 해골바가지를 벗어 던졌다. 그러자 곧 여우가 되었다.

잠시 후 은빛 털을 한 여우 한 마리가 걸레 스님의 뒤를 멀리서 몰래 따르고 있었다.

"그대가 걸레 스님?"

후쿠이가 서투른 조선말로 물었다. 바람을 등진 채 우뚝 서 있는 그에게서 차고 날카로운 기운이 서리서리 뻗쳐 나오고 있어서 스님은 부르르 몸서리를 쳤다.

"그렇소. 당신은 후쿠이?"

"남도 제일의 조선검이 날 알아 주니 고맙군."

마치 거대한 바위처럼 우뚝 버티고 서 있는 후쿠이에게서는 단 한 치의 허점도 발견할 수가 없었다.

'강적이다!'

왠지 모를 떨림에서 걸레 스님은 그것을 느꼈다.

"당신들의 속셈을 알고 있소. 그러나 어림없소. 내가 있는 한 당신들은 여우골에 한 발자국도 들여놓지 못할 것이오."

"그래서 그대를 유인해 낸 것이오. 그대만 없어진다면 우리 계획이 순조롭게 진행될 테니까. 조선은 일본에게 지게 되어 있소. 정치인들은 당파 싸움만 일삼고 창과 칼은 녹슬지 않았소? 그까짓 돌성을 쌓아 본들 우리를 막을 수 있을 것 같소? 괜한 피 보지 말고 순순히 여우골을 내놓으시오. 여우골을 주면 전쟁이 나도 당신들의 안전은 이 후쿠이가 보장을 하겠소."

"어림없는 소리! 관은 어떤지 모르지만 우리 백성들이 살아 있다는 것을 명심하시오. 최후의 한 사람까지 내 땅, 내 터를 지킬 것이오."

"그럴 줄 알았소. 자, 뽑으시오. 그대와 검술을 겨뤄 보고 싶었소. 만약 내가 진다면 여우골을 깨끗이 포기하겠소."

후쿠이가 칼을 뽑아 수직으로 세웠다. 칼을 뽑아 세우는 속도가 눈이 부시도록 빨랐다.

걸레 스님도 검을 뽑았다. 스르릉 검 우는 소리와 함께 박달나무 지팡이 속을 빠져 나온 스님의 검에서 싸늘한 바람이 일었다.

물빛 눈동자

가마솥 볕이었다. 잎이 축축 늘어진 나무 그늘 아래 지칠 대로 지친 여우골 사람들이 축축 늘어져 있었다. 삼복 무더위에 돌을 나르는 일이 힘들고 짜증스러웠지만 그들은 어린 묘남의 얼굴을 보아 불평 한마디 못하고 있었다.

산감나무 그늘 아래에 묘남이 혼자 앉아 있었다.

'그 사람은 누구일까? 왜 날 구해 주었을까?'

오늘도 묘남은 그 얼굴을 기억해 내려고 애를 썼다. 그러나 애를 쓰면 쓸수록 얼굴은 여전히 떠오르질 않고, 그때의 그 맑고 향기로운 느낌과 함께 한없는 정이 그득 실린 물빛 눈동자가 또렷이 떠올랐다.

묘남은 한숨을 속으로 삭였다. 웬일인지 오늘따라 얼굴도 모르는 그 물빛 눈동자의 여인이 더욱 간절한 그리움으로 떠올랐다. 정말이지 보고 싶었다.

우두커니 앉아서 산 아래를 바라보고 있는 묘남의 등 뒤로 미산이 나타났다. 등 뒤까지 바짝 다가가도 묘남은 모르고 있었다.

"형, 뭐 해요?"

미산이 묻자 묘남은 무 뽑다 들킨 것처럼 화드득 놀라더니 얼굴이 빨개지며 얼버무렸다.

"아, 아무것도 안 해."

미산은 속이 상했다. 원래 말이 많지 않았지만 요즘 들어 묘남은 도통 말이 없었다. 넋을 놓고 우두커니 앉아 있는가 하면 불러도 대답도 않고, 그런가 하면 한숨을 푹푹 내쉬기도 했다.

'혹시 좋아하는 사람이 생긴 건 아닐까?'

이런 생각을 하자 갑자기 온몸의 피가 확 끓어올랐다. 생각할수록 요즘 묘남이의 거동이 수상쩍었다. 자기도 묘남이가 영구암에 가고 없을 때 경험해 보았지만 누군가를 사랑하지 않고는 그럴 리가 없다는 판단이었다.

'혹시 그 구미호에게?'

가슴이 덜컥 내려앉았다. 만에 하나라도 구미호에게 홀려서 그런다면 이건 예삿일이 아니었다. 비록 여우라고는 하지만 여자로 변신한 늙은 구미호의 딸은 너무나도 곱고 아리따웠다. 까맣고 맑은 눈망울이며 오똑한 콧날, 자그맣고 빨간 입술 그리고 버들가지처럼 호리호리한 몸매는 남자의 혼을 빼앗기에 충분했다.

'안 돼!'

미산은 속으로 부르짖었다. 그러면서 찔끔 놀랐다. 이건 질투였다. 그리고 자기가 묘남을 사랑하고 있다는 증거이기도 했다.

미산은 재빨리 주위를 살폈다. 빨개진 얼굴을 누가 보았을까 무서웠다. 그러나 다행히 아무도 보는 사람이 없었다.

'구미호는 안 돼. 그러다 형 죽는단 말야.'

초조했다. 여우에게 홀리면 십중팔구 죽음을 당할 것이 뻔하다. 더구나 묘남은 그 구미호의 어미를 죽인 원수였다. 그러나 그렇게 말할 수는 없었다.

"형, 무슨 걱정 있어요?"

미산은 태연한 체 묘남의 옆에 나란히 앉았다. 두근두근 가슴이 뛰었다.

"아니."

"그럼 왜 그래요? 바보같이 멍하게 앉아 있고 불러도 모르고……."

"……."

얼굴이 붉어지며 당황한 표정을 짓는 묘남을 보니 더욱 불안하고 초조해서 마음을 가눌 수가 없었다. 아무래도 늙은 구미호의 딸에게 홀려서 저런다는 생각에 미산은 가슴이 바직바직 탔다. 구미호가 미웠다.

'사람도 아닌 게 사람을 홀려? 꼬리를 친다고 바보같이 여우

에게 넘어가?'

묘남이도 덩달아 미워지기 시작했다.

'흥! 바보, 멍청이! 아버지가 여우에게 죽었다는 걸 벌써 잊었나?'

생각이 여기까지 미치자 갑자기 머리끝이 쭈뼛해졌다. 아무래도 무슨 일이 벌어지고 말 것 같은 불길한 예감에 가슴이 떨렸다.

'안 돼! 말도 안 돼!'

미산은 품속에서 부적을 꺼냈다. 사부님이 준 이 부적의 위력을 미산은 이미 경험을 통해서 알고 있었다. 언젠가 여우를 만나 위기에 처했을 때 바로 이 부적이 목숨을 살려 주었던 것이다. 이 부적을 지니면 늙은 구미호의 딸이 접근할 수 없을 것이 분명했다.

"형, 이걸 갖고 다녀요."

"……."

미산이 부적을 건네주자 묘남은 눈을 둥그렇게 떴다.

"뭐 해요? 받으라니까."

"뭔데?"

"보면 몰라요? 여우를 쫓는 부적이에요."

"그걸 내가 왜……."

"형은 구미호가 무섭지도 않아요? 늙은 구미호의 딸이 처녀로 변신해서 나타난단 말예요. 우리에게 복수를 하려 하고 있어요."

"구미호의 딸?"

"그래요, 구미호의 딸. 형이 흥국사에 가고 나 혼자 있을 때 그 여우를 만나서 죽을 뻔했는데 이 부적이 구해 주었어요. 여우는 이 부적을 보면 꼼짝도 못해요."

"그럼, 나보다 네가 지녀야지. 난 미산이 네가 더 걱정이야."

미산은 코끝이 찡해졌다. 묘남에게서 자기가 더 걱정이라는 말을 들으니 눈시울이 시큰해지는 감동과 함께 가슴속에 단물이 그득 고이는 것 같은 느낌이 일었다. 아무도 의지할 곳이 없는 미산에게는 걸레 스님과 더불어 묘남이가 마음을 지탱해 주는 기둥이 되어 있었다.

"그래도 형이 갖고 있어요. 난……."

무심코 '난 여자잖아요.' 하고 말하려다가 미산은 소스라치게 놀랐다. 자기가 여자라는 사실을 묘남이 아는 날이면 그것은 큰일이 아닐 수 없었다. 쑥스러움과 부끄러움을 참고 여태 한방에서 먹고 자고 하면서 살아 왔는데 만약 여자라는 것이 탄로난다면 무슨 얼굴로 묘남을 대할 것인가. 어쩌면 은적암에서 쫓겨나 부모 형제도 없는 임포로 혼자 돌아가게 될지도 모르는 일이었다. 다시 쌀례라는 이름으로 돌아가 혼자서 슬프게 슬프게 살아가게 되는 것이다. 은적암을 나가게 되면 더 이상 검술을 배울 수가 없게 되고 부모님과 오빠들의 피맺힌 원수를 갚을 수도 없을 것이다. 그리고 무엇보다 묘남과 헤어지게 될지도 모른다는 것은 견딜 수 없는 아픔이었다. 그만큼 묘남은 미산에게 있어서 떼려야 뗄 수 없는 몸의 한 부분처럼 되어 있었다.

"내 걱정은 말고 도로 가져가."

묘남이 손에 들린 부적을 가슴 속으로 넣어 주려고 하는 바람에 미산은 질겁을 하며 몸을 피했다.

"왜 그래? 도로 가져가라니까."

"아, 알았어요. 형."

미산은 엉겁결에 부적을 다시 받아 들었다. 쿵쿵 가슴속에서 북치는 소리가 났다. 그 소리를 묘남에게 들킬까 봐 조바심이 났다.

"가자. 또 성을 쌓아야지."

다행히도 묘남은 눈치채지 못하고 자리를 털고 일어섰다.

'묘남 형을 오빠라고 부를 수 있다면⋯⋯.'

눈물이 찔끔 솟았다. 슬펐다. 부모 형제 아무도 없는 천애의 고아라는 사실이 슬펐고 여자가 남자 행세를 해야만 하는 것이 슬펐고 좋아하는 사람에게 좋아한다고 말할 수 없는 처지가 슬펐다. 그리고 묘남이가 요즘 왠지 자기에게서 멀어지고 있는 것만 같아서 그것도 슬펐다.

'내가 왜 이래?'

미산은 손가락 끝으로 눈가를 꾹꾹 찍어 냈다. 지금은 무엇보다 성 쌓는 일이 시급했고 더구나 스님이 언제 돌아올지도

모르는 길을 떠나 절을 비운 터, 눈물 타령을 하고 있을 때가
아니었다.

미산은 다시 돌밭으로 갔다. 여우골 사람들이 아무런 표정
도 없이 느릿느릿 돌을 나르고 있었다.

두 사람의 싸움은 막상막하, 좀처럼 승부가 나질 않았다. 공
격을 위주로 한 후쿠이의 검술은 빠르고 우직스러웠고 수비를
중심으로 한 걸레 스님의 검술은 춤을 추듯 아름답고 섬세하였
다.

"아름다운 검법이오."

후쿠이의 칭찬을 걸레 스님이 칭찬으로 맞받았다.

"눈부시게 빠른 검법이오. 적이지만 당신의 검법을 존경하
오."

"일본에도 내 적수가 없는데 조선에 이런 검이 있었다
니……."

"조선은 뿌리 깊은 나라, 나보다 강한 검이 얼마든지 있소."

두 사람의 움직임이 더욱 빨라졌다. 여전히 막상막하의 균
형을 이루고 있었지만 시간이 흐를수록 걸레 스님의 검에 지친
기색이 나타나기 시작했다.

'스님이 위험하다!'

두 사람의 대결을 초조하게 지켜 보고 있는 여우 한 마리가
있었다. 은빛 여우 미랑이었다. 걸레 스님을 돕고 싶었지만 마

땅한 방법이 없었다.

별안간 '하앗!' 하는 외침과 함께 두 사람의 검이 맞부딪치면서 그림자 둘이 서로 엇갈려 스쳐 지나갔다. 그리고 두 사람은 잠시 동안 털끝만큼의 움직임도 없이 그림자처럼 조용히 서 있었다. 한 사람은 칼을 수직으로 세워 든 채였고 또 한 사람은 검을 수평으로 뻗은 채였다.

"으윽!"

이윽고 한 사람이 신음 소리를 흘리며 천천히 무릎을 꿇더니, 그대로 털썩 쓰러졌다. 걸레 스님이었다.

"비록 적이지만 그대는 훌륭한 검객이오. 그대를 존경하는 뜻으로 편하게 죽게 해 주겠소."

후쿠이가 걸레 스님의 목을 내리치는 바로 그 순간이었다. 난데없이 눈부신 은빛 털을 한 여우 한 마리가 바람처럼 뛰어들더니 후쿠이의 눈을 앞발로 할퀴었다. 흑 비명을 삼키며 후쿠이가 무의식 중에 휘두른 칼이 여우의 어깨를 스쳐 지나갔다. 캥 날카로운 부르짖음과 함께 은빛 여우가 풀밭에 나뒹굴었다.

"으윽! 내 눈!"

후쿠이는 피가 흐르는 눈을 감싸 쥐고 비틀비틀 언덕배기 아래로 사라졌다.

'스님! 스님!'

미랑은 제정신이 아니었다. 어깨에 흐르는 피를 아랑곳않고 걸레 스님의 곁으로 달려갔다. 가슴에 칼자국이 깊게 나 있고 거기서 시뻘건 피가 콸콸 쏟아져 나오고 있었다.

'이를 어째! 스님이 죽으면 묘남 도령의 슬픔이 이만저만이 아닐 텐데.'

미랑은 초조하게 주위를 두리번거렸다. 멀리 숲 속에 무덤 하나가 보였다.

'스님을 구해야 돼.'

미랑은 쏜살같이 무덤으로 달렸다. 주위를 살펴볼 겨를도 없이 무덤을 파헤쳤다. 묘남을 위해서 걸레 스님을 살려야 한 다는 생각뿐이었다. 이윽고 해골바가지가 나오자 그것을 뒤집 어쓰고 사람으로 변신을 하였다.

미랑은 걸레 스님을 들쳐 업었다. 스님의 상처에서 나온 피 가 미랑의 어깨에서 나온 피와 뒤섞여 두 사람 모두 피투성이 가 되었다.

피를 많이 흘려서 그런지 눈앞이 캄캄하고 어지러웠다. 등 에 업힌 스님이 천근만근 무거웠다. 금방이라도 쓰러질 것만 같았다. 그러나 미랑은 이를 악물고 참았다. 걸레 스님은 묘남 에게 아버지와 같은 사람, 절대 이대로 죽어서는 안 되었다. 쓰 러질 듯 쓰러질 듯 비틀거리면서도 미랑은 한 걸음 한 걸음 은 적암을 향해 걸어갔다.

"저길 보세요!"

예닐곱 살쯤 되어 보이는 소녀가 여우고개 아래를 내려다보며 외쳤다. 일하던 사람들의 눈길이 일제히 여우고개 아래로 쏠렸다.

"누가 누굴 업고 오나? 곧 쓰러질 것 같은걸?"

"글쎄 말예요. 이 험한 고개를……. 남잔가요, 여잔가요?"

그들은 가물가물한 눈에 힘을 모으려 애를 썼지만, 누구인지를 알아보기에는 너무나 먼 거리였다.

"앗! 사부님!"

무심코 아래를 내려다보던 묘남이가 불을 본 짐승처럼 소스라치며 소리를 질렀다. 백년 산삼의 기운이 흐르는 그는 다른 사람들보다 눈이 몇 십 배나 더 밝아서 웬 여인의 등에 업힌 사람이 바로 걸레 스님이라는 것을 금방 알아보았다.

"사부님!"

묘남이는 여우고개 아래로 득달같이 내달렸다. 어찌나 빠른지 바람 같았다.

"형! 같이 가요!"

미산도 그 뒤를 따라 달렸다.

묘남이가 눈앞에 나타나자 여인은 스님을 풀밭에 내려놓고는, 허둥지둥 돌아서서 내려가다가 몇 발짝을 못 가고 풀썩 쓰러졌다.

"사부님!"

묘남은 스님의 어깨를 잡아 흔들었다. 그러나 스님은 움직임이 없었다. 온몸이 피투성이고 창백한 얼굴에 숨결이 실낱처럼 가늘었다. 겁이 덜컥 났다.

"여보세요! 이게 어찌 된 일입니까?"

묘남은 쓰러져 있는 여인에게로 달려갔다. 죽은 듯이 누워 있던 여인이 눈을 조용히 떴다. 그 눈! 그 눈을 본 순간 묘남은 가슴이 철렁 내려앉았다. 꿈에서도 못 잊고 그리워하던 물빛 눈동자, 바로 그 눈이었다.

미산이 헐레벌떡 나타났다.

"어, 넌?"

미산이 질겁을 하였다.

"윽! 으윽!"

미산을 본 여인의 얼굴이 고통스럽게 일그러졌다. 미산의 품에 든 부적 때문이었다.

"너……, 너……."

여인은 가슴을 움켜쥐고 비틀비틀 여우산 속으로 사라졌다.

여우고개

마지막 남은 산감나무 이파리 하나가 팽그르르 맴을 돌며 떨어졌다. 선홍색 붉게 물든 놀빛 때문인지 그것은 유난스레 빨개 보였다.

'그 고운 아가씨가 여우였다니…….'

묘남은 아직도 믿을 수가 없었다. 맑고 향기로운 느낌과 함께 한없는 정이 그득 실린 물빛 눈동자! 가슴을 떨리게 하던 물빛 눈동자의 그 여인이 여우였다는 것은 정말이지 믿을 수가 없었고 믿고 싶지도 않았다. 그가 정말 여우였다면 자기를 구해 주었을 까닭이 없었다. 더구나 어머니가 목숨을 걸고 구해 온 백년 산삼까지 바쳐 가면서. 그러나 스님의 말은 믿지 않을 수가 없었다. 스님이 여우라고 하면 그 여인은 틀림없이 여우인 것이다.

"형! 형! 봉화가 올랐어요!"

미산이 허겁지겁 나타났다.

"봉화?"

불길한 예감이 머리를 때렸다. 멀리 국사봉에서 봉화가 오르고 있고 여우고개 아래의 주막에서도 여우고개의 돌성에서도 불길한 예감처럼 봉화가 타오르고 있었다.

"사부님께 알리자."

묘남은 부리나케 법당으로 달렸다.

"올 것이 오고 말았구나. 나를 부축해라."

"사부님은 아직 거동할 수가 없지 않습니까. 미산과 제가 다녀오겠습니다."

"시끄럽다. 왜놈들이 쳐들어오는데 죽은 송장이라 한들 어찌 가만히 앉아 있을 수가 있겠느냐? 묘남은 먼저 가서 싸울 준비를 하고 미산은 나를 부축하거라. 어서!"

사부의 명은 거역할 수가 없었다. 묘남은 여우산성으로 바람처럼 달렸다.

날이 이미 어두워져 있었지만 묘남에게는 대낮이나 다름이 없었다.

여우고개의 산성에는 이미 여우골 사람들이 모두 나와 모여 있었다. 늙은이, 젊은이, 어린아이 할 것 없이 그들의 얼굴에는 하나같이 비장한 각오가 서려 있었다.

"불안해할 것 없습니다. 지형이 우리에게 유리합니다. 성문을 굳게 잠그고 침착하게 맞서면 반드시 이길 수 있습니다. 만약 왜놈들이 성을 넘어 들어오면 우리는 한 사람도 살아남을 수가 없습니다. 내가 죽어야 부모 형제가 살 수 있다는 생각으로 싸워야 합니다. 죽으려 하는 사람은 살고 살려고 하는 사람은 죽는다는 것을 잊지 마십시오."

묘남의 목소리는 피를 토하는 듯했다. 묘남의 늠름하고 신념에 찬 모습은 여우골 사람들에게 커다란 힘이 되었고, 뒤늦게 미산의 부축을 받아 허겁지겁 나타난 걸레 스님도 비록 상처가 낫지 않아 움직일 수가 없는 몸이었지만 마을 사람들에게는 큰 힘이었다.

멀리 여우고개에서 덩덩덩 징 소리가 들렸다. 칠흑 같은 어둠 속에서 횃불들이 부산하게 움직이고 있었다.

'무슨 일이 생겼구나!'

미랑은 자리를 박차고 일어났다. 불길한 예감과 함께 한 사나이의 모습이 눈앞에 떠올랐다. 걸레 스님을 풀밭에 쓰러뜨리던 그 무서운 사나이, 그가 다시 나타났다면 큰일이 아닐 수 없었다. 걸레 스님마저도 그의 칼에 쓰러져 아직도 거동을 하지 못하고 있는 판인데 묘남은 아예 적수가 되지 않을 것이었다. 묘남이 피를 뿌리며 쓰러지는 모습이 떠오르자 눈에 불이 확 일었다.

'안 돼! 그 사람은 누구도 손대지 못해. 누구도!'

미랑은 어둠 속으로 뛰어들어 화살처럼 달리기 시작했다.

아직도 어깨의 칼 맞은 자리가 쑤시고 아팠지만 지금은 그런 것에 신경을 쓸 겨를이 없었다. 미랑은 오직 묘남을 지켜야 한다는 생각뿐이었다.

"왜놈들이다! 왜놈들이 나타났다!"

어둠 속에서 누군가가 부르짖듯 외쳤다. 묘남은 바짝 긴장을 하며 성 아래를 내려다보았다. 성 아래로 속속 모여들고 있는 그림자들과 어느새 성벽을 새까맣게 기어오르고 있는 그림자 떼가 동시에 눈에 들어왔다.

"당황하지 말고 침착하시오. 놈들이 들어올 수 있는 길은 이 성벽뿐이니 각자 맡은 자리를 지키시오. 남자들은 성벽을 지키고, 여자들은 돌멩이를 나르시오. 여우골은 선현들로부터 물려받은 우리의 땅, 한 치라도 왜놈들의 더러운 발길에 짓밟힐 수 없소!"

묘남의 지시를 받은 여우골 사람들이 즉시 움직이기 시작하였다. 남자들은 괭이나 쇠스랑을 들고 성벽에 버티어 섰고 여자들이나 노인들은 부지런히 돌멩이를 날랐다.

"묘남과 미산은 들어라. 악귀들을 물리치는 것은 중생을 위한 공덕이니 살계를 범하는 것을 두려워할 필요가 없다. 왜놈들을 한 놈이라도 더 죽여라. 저놈들은 우리 백성들의 원수이고 미산의 원수, 용서할 수가 없다."

걸레 스님의 말에 묘남도 미산도 주먹을 불끈 쥐었다.

'아버지! 어머니! 큰오빠, 영식 오빠, 삼식 오빠! 이제 원수를 갚을 때가 왔어요!'

미산의 눈물 어린 눈에는 파란 불꽃이 이글거리고 있었다.

"아악!"

갑자기 소름 끼치는 비명 소리가 어두운 밤하늘을 찢어 놓았다. 성벽을 기어오르던 왜놈 한 명이 머리에 돌을 맞고 떨어지며 지르는 소리였다.

탕, 탕탕.

성 아래에서 총포 터지는 소리가 들렸다. 그와 함께 여기저기서 비명 소리가 들리면서 여우골 사람들이 픽픽 쓰러졌다.

"윽!"

"으앗!"

"총포다! 몸을 낮춰라!"

걸레 스님이 외치자 사람들은 성벽 뒤로 몸을 감추었다. 잠시 숨 막힐 듯한 고요가 흐르고 있었다.

"몸을 함부로 드러내지 마라. 저놈들이 총포까지 가졌을 줄이야. 첩자들이 왜구들과 결탁을 한 게 틀림없다. 총포의 탄환은 번개처럼 빨라서 눈에 보이질 않는다. 탄을 맞으면 죽거나 큰 부상을 당하게 되니 사람들에게 주의를 주어라."

묘남에게 지시를 내리는 걸레 스님은 숨이 턱에 닿아 있었다.

여우골 사람들이 총소리에 겁을 집어먹고 엎드려 있는 사이에 왜놈들의 머리가 비쭉비쭉 성벽 위로 나타나기 시작하였다.

"미산! 반대편을 맡아라!"

묘남의 검이 흰빛을 뿌리며 어둠을 가르기 시작하고, 미산의 검도 싸늘한 바람을 일으켰다.

"아악!"

"흐윽!"

비명 소리가 들리기 시작했다. 묘남과 미산이 지나가는 곳마다 왜놈들이 가랑잎처럼 성 아래로 굴러떨어지고 있었다. 이를 본 여우골 사람들의 괭이나 쇠스랑에도 힘이 돌았다. 치열한 싸움이었다. 성을 빼앗으려는 자들과 이를 지키려는 사람들 모두 목숨을 돌보지 않았기 때문에 싸움은 갈수록 치열해지고 있었다.

여우골 사람들은 남녀노소 할 것 없이 하나가 되어 돌멩이를 던지고 몽둥이나 농기구를 휘두르고 하면서 필사적으로 성벽을 기어오르는 왜놈들을 막아 내고 있었다. 묘남과 미산은 사람 꼴이 아니었다. 온몸에 시뻘건 피를 뒤집어쓴 채 성벽을 넘어온 왜놈들을 상대로 악전고투했다. 그러나 이들이 한마음 한뜻이 되어 죽을 둥 살 둥 싸우고 있었는데도 전세는 차츰 기울고 있었다. 우선 중과부적이었다. 적은 팔팔한 젊은이들로 쉰 명이 넘었고 이쪽은 여자들과 노인들과 아이들까지 합쳐야 겨우 백여 명이었다. 더구나 적들은 수많은 전투 경험으로 싸움에 이골이 난 자들인 데다 창과 칼 심지어는 총포까지 갖추고 있어서 애당초 적수가 될 수 없는 싸움이었다. 그러나 여우골 사람들은 자신들의 힘으로 자신들의 마을과 가족을 지키겠다는 일념으로 겨우겨우 버텨 내고 있었다.

동녘 하늘이 부옇게 밝아지기 시작할 무렵 마침내 성을 넘어 온 왜놈들의 수가 많아지고 그들의 창칼에 쓰러지는 여우골 사람들이 눈에 띄게 늘어나기 시작했다. 여우골 사람들이 쓰러질 때마다 묘남은 벌겋게 충혈된 눈을 찢어지도록 부릅뜨고 이를 부드득부드득 갈았다.

"이 원수들! 이 원수들!"

미산도 마찬가지였다. 부모 형제를 처참하게 죽인 왜놈들을 하나라도 더 죽여서 피맺힌 원수를 갚기 위해 제 몸을 돌보지 않았다.

"원군이다! 힘을 내라! 원군이 온다!"

걸레 스님의 째진 목소리가 여우고개를 뒤흔들었다. 성 아래 저 멀리에서 맨 앞에 달려오고 있는 사람은 발빠른 광명 스님이었고 그 뒤를 달려오고 있는 사람들은 흥국사의 승병들이었다. 국사봉의 봉화를 보고 밤을 새워 달려온 것이었다.

여우골 사람들의 사기가 높아지고 적들은 당황한 기색이 뚜렷이 나타났다.

"침착하라! 성만 차지하면 원군이 안으로 들어올 수 없다. 저 늙은 중을 먼저 죽이고 두 아이를 해치워라. 저들만 죽이면

성은 곧 무너진다."

갈라진 목소리로 소리치고 있는 사나이, 그는 후쿠이였다. 한쪽 눈을 검정 천으로 싸매고 있어서 흉측스런 모습이었다.

"묘남과 미산은 들어라. 쌍검을 펼쳐서 후쿠이를 죽여라!"

묘남과 미산이 후쿠이를 가로막고 포위를 하였다.

"너희들이 삼허의 제자인가?"

"그렇다."

"어린놈들이 제법 기백이 있구나. 그러나 너희들은 하룻강아지, 네 스승도 패한 나를 어찌 해보겠다는 것이냐?"

"잔소리 말고 어서 덤벼라. 사부님의 쌍검은 천하무적이다."

묘남, 미산과 후쿠이 사이에 팽팽한 긴장감이 감돌았다. 적도 아군도 잠시 싸움을 멈추고 일 대 이의 이 대결을 지켜 보고 있었다.

"이얏!"

묘남의 검이 후쿠이의 옆구리와 어깨를 동시에 노리고 찔러 들어갔다. 후쿠이가 제자리에서 가볍게 몸을 틀며 칼을 휘둘렀다. 쨍! 쨍! 조선검과 일본도가 맞부딪치면서 날카로운 쇳소리가 났다. 후쿠이의 얼굴빛이 확 달라지며 바짝 긴장을 했다. 맞부딪친 검에서 느낀 묘남의 힘에 놀란 것이었다.

"어린놈이 힘이 아주 좋구나!"

후쿠이의 칼이 공격을 시작했다. 일본 도법의 특징은 빠르기, 눈이 부시도록 빠른 공격이었다. 묘남이 잠시 뒤로 밀리자 미산의 옥녀신침 검법이 두 사람 사이로 뛰어들었다. 수세에 몰렸던 묘남의 유운청산 검법이 다시 제 길을 찾고 이제 일 대 이의 싸움이 본격적으로 어우러졌다.

싸움의 주도권은 분명 후쿠이가 잡고 있었다. 그러나 후쿠이의 칼이 묘남을 공격하면 미산이 함께 방어를 하고 미산을 공격하면 묘남의 검이 더욱 사나워져 좀처럼 승부가 갈릴 기미가 보이질 않았다.

후쿠이의 얼굴에 초조한 빛이 서렸다. 어린애 둘을 못 이기고 있는 것이었다. 그런 데다 원군의 함성이 점점 가까워지고 있었다.

"늙은 중을 죽여라!"

후쿠이가 외쳤다. 마음대로 움직이지는 못하지만 두 사람의 정신적 기둥 역할을 하고 있는 걸레 스님을 죽임으로써 묘남과 미산의 마음을 흔들어 놓으려는 것이었다. 그러면 자연히 검법에 생기는 허점을 후쿠이는 노렸다.

후쿠이의 뜻을 알아차린 왜놈 하나가 돌더미에 기대어 있는 걸레 스님에게 다가갔다.

"사부님! 조심하세요!"

묘남의 부르짖는 소리가 채 끝나기도 전에 왜놈의 칼이 걸레 스님의 가슴으로 날아들었다.

"악!"

미산이 그걸 보고 비명을 질렀다. 그러나 피를 뿌리고 죽은 것은 걸레 스님이 아니라 왜놈이었다. 바람같이 날아든 하얀 그림자 하나가 그의 목을 찌른 것이었다. 미랑이었다. 손에 날카로운 비수가 들려 있었다.

묘남과 미산의 쌍검은 크게 흐트러져 있었다. 어깨에 칼을 맞은 미산을 집중 공격하던 후쿠이의 칼이 느닷없이 방향을 바꾸어 묘남의 가슴을 노리고 날아들었다. 스님 때문에 얼이 빠져 있던 묘남은 미처 그 공격을 눈치채지 못하고 있었다. 후쿠이의 칼이 묘남의 가슴을 찌르려는 바로 그 순간, 바람처럼 날아든 하얀 그림자 하나가 두 사람 사이를 가로막았다. 또다시 미랑이었다. 미랑과 후쿠이는 마치 서로 안듯이 맞붙은 채 잠시 그대로 서 있었다. 미랑의 비수가 후쿠이의 가슴을 후쿠이의 칼이 미랑의 가슴을 서로 깊게 찌른 채였다. 그리고 그 때 여우골 사람들이 열어 준 성문으로 광명 스님이 맨 먼저 달려오고 뒤를 이어 흥국사의 승병들이 들이닥쳤다.

"안 돼!"

넋을 잃고 우두커니 서 있던 묘남이가 부르짖으며 쓰러지는 미랑을 받아 안았다.

"우, 우리, 우리 어, 어, 어머니를 용서하세요."

미랑은 숨이 꺼져 가고 있었다.

"도, 도련님……. 전 여, 여……."

묘남의 손이 미랑의 입을 막았다. 말하지 말라는 뜻이었다.

"죽으면 안 돼요! 당신은 죽으면 안 돼요!"

묘남의 다급한 목소리를 꿈결처럼 들으며 미랑은 환한 미소를 지었다.

죽어도 좋았다. 사랑하는 묘남 도령의 품에 안겨 있는 것이 그저 좋을 뿐이었다.

짚신 두 짝

죽은 사람이 많고 다친 사람도 많았다.

산 사람들은 다친 사람들을 치료하고 죽은 사람들을 땅에 묻었다.

아무도 울지 않았다. 여우골 사람들의 가슴속에 묵직하게 자리하고 있는 것, 그것은 내 가족과 내 마을을 내 손, 내 힘으로 지켜 낸 데 대한 자랑스러움이었다.

"사람은 누구나 한 번은 죽는 법. 오늘 죽은 이들은 우리 마을을 지키기 위하여 목숨을 바침으로써 영원한 생명을 얻었소. 우리 마을과 이 고장 백성들을 구한 이들이 바로 부처님이오."

정말 그랬다. 굳이 걸레 스님의 위로가 아니더라도 죽은 이들은 산 사람들의 가슴속에 살아 있을 것이다. 이 마을이 사라지지 않는 한 영원히. 여우골 사람들은 그걸 믿었으므로 아무도 울지 않았다.

사람들은 걸레 스님을 따라 여우 무덤도 만들었다.

"이 여우는 우리를 위해 부처님께서 보내시었소. 이 여우는
우리와 우리 마을을 구하였소."

스님이 먼저 절을 하고 이어서 묘남, 미산, 여우골 사람들이
차례로 미랑의 무덤에 절을 하였다.

"묘남이는 이리 오너라."

스님이 묘남을 따로 불렀다.

"덕은 덕으로써 갚는 법이니, 네가 덕으로써 이 여우 소녀의
덕을 갚도록 하여라. 만민에게 말이다."

그러고는 갑자기 고개를 숙이고 있는 묘남에게 추상 같은 불
호령을 내렸다.

"뭐 하고 있는 게냐? 흥국사 큰스님께 감사 인사를 드리러
가질 않고. 원군을 보내 주셔서 다행히 산성을 지켰다고 말씀
드려라."

묘남은 광명 스님의 뒤를 따라 총총히 흥국사로 떠났다.

밤에 미랑의 무덤 앞에 한 사람이 나타났다. 미산이었다.

"언니!"

미산은 울음을 깨물다가 무덤에 절을 하였다.

"묘남 오빠를 구해 줘서 감사해요."

그리고 품속에서 무엇인가를 꺼내었다.

"살아서 그리웠던 사람, 죽어서 찾아가세요. 이걸 신고……."

미산은 미랑의 무덤 앞에 짚신 두 짝을 내려놓았다.

죽어도 좋다는 마음

내가 사는 여수는 참 아름다운 곳이에요. 우선 마음이 어둡거나 답답할 때 나가면 그 때마다 무청처럼 시퍼런 눈빛으로 가슴을 확 뚫어 주는 바다가 있고요, 그 안엔 아침마다 어김없이 떠오르는 크고 밝고 건강한 태양이 있지요. 꼭 여수 사람들 같은……. 오동도는 한겨울에도 동백꽃으로 새빨간 꽃등을 주렁주렁 달아 놓곤 날 기다리고요. 또 흥국사를 보듬고 있는 영취산은 해마다 봄이면 진달래꽃으로 산불을 벌겋게 질러 놓고 시침을 딱 떼며 앉아 있곤 해요. 향일암, 동백골, 만성리, 거문도의 동도와 백도, 구봉산, 종고산, 고락산……. 모두 이름만 들어도 가슴이 설레는 곳들이에요. 와 보고 싶지요?

그렇지만 내가 정말로 말하고 싶은 것은 딴 데에 있어요. 무엇이냐고요? 그것은 바로 거기에 사는 사람들이에요. 여수 사람들은 친절하고 따뜻하고 무엇보다 고향을 사랑하는 마음이

뛰어나지요. 여수엔 석창성, 호랑산성, 금성 등 많은 돌성이 있
는데, 그것은 무엇을 의미하겠어요? 그 옛날 왜구들의 침략이
나, 임진왜란 때 우리 삶터를 우리 힘으로 지켜 냈다는 증거예
요. 누가 시켜서가 아니라 마을 사람들이 스스로의 힘으로 이
루어 낸 거지요. 우리는 흔히 임진왜란 때 남해 바다를 지켜 낸
것이 이순신 장군의 힘이라고 믿고 있는데, 난 그렇게 생각하
지 않아요. 이순신이 아무리 뛰어난 장군이라고 하지만 그를
뒷받침할 수 있는 수군들이나 지역민들의 힘이 없었다면 어떻
게 그것이 가능했겠어요?

『여우 소녀 미랑』은 내 마을을 내 손으로 지켜 내려 했던 여
수 지방 조상들의 피와 땀과 넋을 재현시켜 본 이야기예요. 소
년 영웅과 함께 구미호를 등장시킨 것은 여우같은 미물들마저
도 우리 강산을 얼마나 사랑하였는가를 보여 주고 싶어서이지

요. 또 내 개인적으로 여우에 대한 관심이 아주 높기도 하고요.
비록 여우이지만 누군가를 위하여 죽어도 좋다는 마음, 우리가
함부로 흉내 낼 수 없는 마음이지요. 그러나 우리가 꼭 배워야
할 마음이겠지요?

『여우 소녀 미랑』을 읽는 독자들에게 자기가 사는 고장을 사
랑하는 마음, 나아가서 우리가 사는 나라를 사랑하는 마음이
깊어졌으면 하는 바람이에요.

이천삼 년 정월 여수에서

김자환

김자환

1952년 전남 순천에서 태어나 1984년 광주일보 신춘문예에 동화가 당선되어 작품 활동을 시작했다. 여수에서 초등학교 교사로 재직하며 주로 장편동화를 창작했고, 계몽사아동문학상·새벗문학상·아동문예작가상 등을 받았다. 대표작으로『엄마를 위하여』,『난 너하고는 달라』,『운주사의 하얀 도깨비』,『진욱이 안 미워하기』,『두리 날다』,『여우 소녀 미랑』 등이 있다. 청소년과 어린이의 눈높이에 맞는 작품을 꾸준히 천착해 오던 중 2008년 12월 신경세포종으로 이른 나이에 아깝게 작고했다.

푸른도서관

푸른도서관은 '10대에서 20대까지' 눈부신 성장을 거듭하는
'푸른 세대'를 위한 본격 문학 시리즈입니다.
이금이 작가의 대표작인 『유진과 유진』을 비롯하여
푸른문학상 수상작 『쥐를 잡자』, 『외톨이』 등
당대 청소년들의 현실을 생생하게 반영한 성장소설과
『화랑 바도루』, 『에네껜 아이들』 등 다양한 시대상을 반영한
역사소설 그리고 판타지와 청소년시집에 이르기까지
국내 작가들이 공들여 창작한 흥미롭고 감동적인 작품들을
푸른도서관에서 더 만나 보세요!

1. 뢰제의 나라 강숙인 지음

교통사고로 가사 상태에 빠진 열두 살 소년이 저승사자의 손에 이끌려 저승인 '뢰제의 나라'
를 여행하면서 벌어지는 모험담을 담은 판타지소설.
★윤석중문학상 수상작 ★동화읽는가족 추천도서

2. 아버지가 없는 나라로 가고 싶다 이규희 지음

아픈 결핍의 가족사를 벗어던지고 마침내 더 너른 세상을 향해 나아가는 소녀를 통해 성장의
의미를 곰곰이 곱씹게 해 주는 가슴 뭉클한 성장소설.
★세종아동문학상 수상작가

3. 까망머리 주디 손연자 지음

좋아하는 남학생에게 외모에 대한 조롱 섞인 말을 듣고, 입양아인 자신이 미국 사회의 이방
인이라는 사실을 깨닫는 사춘기 소녀 주디가 정체성을 찾아가는 이야기.
★책따세 추천도서 ★경기도학교도서관사서협의회 추천도서 ★부산광역시교육청 독서인증제 권장도서

4. 이삐 언니 강정님 지음

일제 강점기 말과 해방 공간을 시간적 배경으로 밤나무정 마을에 사는 '복이'라는 여자아이
의 삶의 비밀을 하나하나 알아가는 과정을 그린 아름다운 연작소설집.
★서울시교육청 교과별 권장도서 ★한우리독서토론논술 필독도서 ★한국아동문예상 수상작

5. 너도 하늘말나리야 이금이 지음

미르와 소희, 바우는 각자의 상처를 속으로 감추고 괴로워하다 서로를 알아본다. 서로의 상
처를 보듬어 주는 순간, 상처에는 새살이 돋고 아이들은 비로소 성장하게 된다.
★중학교 〈국어〉 교과서 수록 ★책따세 추천도서 ★〈중앙일보〉 좋은책 100선 선정도서

6. 내 이름엔 별이 있다 박윤규 지음

1970년대라는 한국 사회의 정치적·사회적 격동기를 배경으로 성장해 나가는 사춘기 소년의
삶을 통해 2000년대의 우리가 잊고 지냈던 '꿈'과 '희망'을 다시 한 번 환기시켜 준다.
★서울시립어린이도서관 추천도서

7. 토끼의 눈 강정규 지음

한국 전쟁을 배경으로 한 세 편의 이야기를 엮은 소설집. 작품 속에 총소리나 죽음은 등장하
지 않지만, 천진한 아이들의 눈으로 바라본 전쟁이 숨이 막힐 듯 가깝게 다가온다.
★세종아동문학상 수상작 ★아침독서 청소년 추천도서

8. 화랑 바도루 강숙인 지음

부모님을 일찍 여읜 바도루가 김충현 장군 밑에서 생활하며 그의 자제인 경천과 함께 피나는
노력과 뜨거운 우정을 나누며 꿈에 그리던 화랑이 되는 이야기를 그린 본격 역사소설.
★동화읽는가족 추천도서

9. 유진과 유진 이금이 지음

어린 시절 함께 성추행을 당한 동명이인 '유진과 유진'의 각각 다른 성장 과정을 통해 청소년
의 심리를 아주 세밀하게 보여 주는 이금이 작가의 청소년소설.
★책따세 추천도서 ★어린이도서연구회 청소년 권장도서 ★학교도서관저널 선정 성장소설 50선

10. 마사코의 질문 손연자 지음

일본인 소녀의 입으로 일본인의 죄를 묻는 이야기. 일제 강점기에 우리 민족이 겪은 온갖 수난을 생생하고 절실하게 그려 낸 9편의 작품이 실려 있다.

★세종아동문학상 수상작 ★SBS 어린이미디어대상 수상작 ★한우리독서토론논술 필독도서

11. 아, 호동 왕자 강숙인 지음

비극적 사랑의 대명사 호동 왕자와 낙랑 공주, 그들이 정말 사랑하는 사이였는가에 대한 의문으로 시작된 역사소설. 우리가 알고 있던 이야기를 뒤집어 전혀 새로운 시각을 제시한다.

★한우리독서토론논술 필독도서 ★서울독서교육연구회 추천도서 ★책읽는교육사회실천협의회 추천도서

12. 길 위의 책 강미 지음

'책'을 통해 자연스럽게 자신의 고민과 방황을 해결하고 상처를 치유해 나가는 여고생들의 이야기를 잔잔하게 그렸다. 청소년들을 위한 성장소설들이 '책 속의 책'으로 가득 담겨 있다.

★제3회 푸른문학상 수상작 ★책따세 추천도서 ★문화체육관광부 우수교양도서

13. 느티는 아프다 이용포 지음

'지금 여기'의 '가장 낮은 곳'을 이야기하는 성장소설. 독자들에게 이웃을 바라보는 시선을 바꾸고 존재의 소중함을 돌아볼 수 있는 시간을 마련해 준다.

★한국문화예술위원회 우수문학도서 ★평화박물관 선정 청소년 평화책

14. 발끝으로 서다 임정진 지음

베스트셀러『행복은 성적순이 아니잖아요』의 임정진 작가가 펴낸 청소년소설. 낯선 땅으로 홀로 유학을 떠난 주인공을 통해 조기 유학생활의 어려움과 외로움을 절절하게 그렸다.

★책따세 추천도서

15. 마지막 왕자 강숙인 지음

역사의 그늘에 가려져 있던 인물이자 신라의 마지막 왕인 경순왕의 아들 마의태자를 주인공으로 한 역사소설로, 그의 새로운 영웅적 면모를 보여 준다.

★〈중앙일보〉좋은책 100선 선정도서 ★어린이도서연구회 청소년 권장도서

16. 초원의 별 강숙인 지음

마의태자를 주인공으로 한『마지막 왕자』의 후속작. 사라져 버린 나라를 그리워하던 주인공 새부가 광활한 만주 대륙에서 아버지의 꿈을 이루는 과정을 흥미진진하게 그리고 있다.

★동화읽는가족 추천도서

17. 주머니 속의 고래 이금이 지음

가슴속에 품고 있는 꿈을 찾기 위해 노력하는 열다섯 살 아이들에 대한 이야기이다. 저마다 꿈을 좇는 과정에서 실패와 좌절을 겪지만 다시 씩씩하게 일어나는 모습을 보여 준다.

★중학교〈국어〉교과서 수록 ★아침독서 청소년 추천도서 ★대한출판문화협회 올해의 청소년도서

18. 쥐를 잡자 임태희 지음

원치 않는 임신을 한 여고생의 이야기로 성에 대해 여전히 취약한 우리 청소년의 현실을 돌아보고 위험성을 인식하게 만든다. 동시에 대책 마련이 시급하다는 사실을 새삼 일깨운다.

★제4회 푸른문학상 수상작 ★아침독서 청소년 추천도서 ★어린이도서연구회 청소년 권장도서

19. 바람의 아이 한석청 지음

우리나라 아동청소년문학 최초로 발해를 소재로 한 장편역사소설. 고구려 멸망 뒤 옛 고구려 지역에 살던 이들의 비참한 삶과 나라를 되찾고자 하는 투쟁을 생생하게 그려 냈다.
★ 한우리독서토론논술 필독도서   ★ 책읽는교육사회실천협의회 추천도서

20. 베스트 프렌드 이경혜 외 지음

사춘기를 지나 성숙한 남녀로 성장하는 과정에 놓인 청소년들의 심리 변화를 섬세하게 그린 표제작을 비롯해 현실적인 청소년들의 한계와 모순을 그린 5편의 단편소설을 엮었다.
★ 어린이도서연구회 청소년 권장도서

21. 리남행 비행기 김현화 지음

봉수네 가족이 북한을 탈해해 리남행 비행기에 오르기까지의 여정이 긴장감 있게 그려져 있다. 온갖 역경 속에서도 인간애와 가족애를 잃지 않는 모습이 진한 감동을 선사한다.
★ 제5회 푸른문학상 수상작   ★ 책따세 추천도서   ★ 한국문화예술위원회 우수문학도서

22. 겨울, 블로그 강 미 지음

자신만의 길을 찾아가는 청소년들이 종횡무진 활동하는 네 편의 작품을 담았다. 청소년들의 일상을 정확하고 섬세하게 묘사하여 그들이 나아갈 수 있는 길을 오롯이 보여 준다.
★ 문화체육관광부 우수교양도서   ★ 아침독서 청소년 추천도서   ★ 한국출판인회의 선정 이달의 책

23. 네가 하늘이다 이윤희 지음

1894년 동학 농민 운동을 배경으로 새로운 세상을 꿈꾸었지만 결국 이름조차 남기지 못하고 스러져 간 농민군의 이야기를 감동적으로 그려 낸 대하역사소설.
★ 아침독서 청소년 추천도서   ★ 한국어린이문화대상 수상작

24. 벼랑 이금이 지음

원조 교제, 첫 키스, 협박, 폭력……. 거친 현실의 이면에 감춰진 청소년들의 내면을 섬세하게 다루고 있는 이금이 작가의 연작청소년소설.
★ 한국문화예술위원회 우수문학도서   ★ 아침독서 청소년 추천도서   ★ 네이버 북리펀드 선정도서

25. 뚜깐뎐 이용포 지음

서기 2044년, 한국에서 영어 공용화 법안이 통과된 뒤 영어가 일상어로 자리를 잡은 때와 한글이 박해를 받던 연산군 시절을 오가며 현대인들에게 진지한 성찰의 기회를 제공한다.
★ 아침독서 청소년 추천도서   ★ 대한출판문화협회 올해의 청소년도서   ★ 〈중앙일보〉 선정 이달의 책

26. 천년별곡 박윤규 지음

천 년의 시간을 애증과 그리움으로 버틴 주목나무의 이야기를 절제된 감성으로 그린 작품. 시 형식을 차용한 소설인 '시소설'이란 신선한 장르에 애절한 정서를 잘 녹여 냈다.
★ 한우리가 선정한 좋은 책

27. 지귀, 선덕 여왕을 꿈꾸다 강숙인 지음

지귀 설화 속에 숨어 있는 선덕 여왕 이야기를 담은 역사소설. 지귀와 선덕 여왕, 김춘추와 김유신 등 시대의 격랑에 휘말린 이들의 삶과 사랑이 독자들의 가슴속에 파고든다.
★ 책따세 추천도서   ★ 네이버 북리펀드 선정도서   ★ 아침독서 청소년 추천도서

28. 청아 청아 예쁜 청아 강숙인 지음

〈심청전〉을 현대적으로 재해석한 소설. 새로운 시각의 심청과 서해 용왕 그리고 그의 아들을 등장시켜 '보이지 않는 사랑 이야기'를 통해 참다운 사랑의 의미를 되새기게 한다.

★ 한국출판인회의 선정 이달의 책 ★ 중앙독서교육 선정도서

29. 살리에르, 웃다 문부일 외 지음

'엄친아'와의 비교에 시달리며 자신을 '살리에르'라 믿는 청소년들에게 건네는 '꿈'에 관한 다섯 가지 이야기. 꿈을 향한 청소년들의 힘차고도 아름다운 몸부림이 담겼다.

★ 제6회 푸른문학상 수상작 ★ 아침독서 청소년 추천도서 ★ 경기도학교도서관사서협의회 추천도서

30. 사라지지 않는 노래 배봉기 지음

세계적 미스터리의 하나인 이스터 섬 모아이 석상의 비밀을 소재로 인간의 파괴적 욕망과 그것을 극복했을 때 찾을 수 있는 평화를 보여 준다.

★ 문화체육관광부 우수교양도서 ★ 네이버 북리펀드 선정도서 ★ 국립어린이청소년도서관 추천도서

31. 김홍도, 조선을 그리다 박지숙 지음

김홍도의 그림을 통해 그의 삶을 다룬 연작으로, 작가 특유의 상상력과 깊이 있는 통찰력으로 '인간 김홍도'의 삶을 생생하게 되살려낸 본격 역사소설이다.

★ 문화체육관광부 우수교양도서 ★ 〈소년조선일보〉 추천도서 ★ 아침독서 청소년 추천도서

32. 새가 날아든다 강정규 지음

한국 전쟁을 직접 경험한 세대가 전쟁과 분단과 이산이라는 문제를 다른 시각에서 조명한 작품. 역사의 굴곡을 넘어 당대의 사람들이 더불어 살아가는 이야기를 일곱 편의 소설에 담았다.

★ 아침독서 청소년 추천도서

33. 에네껜 아이들 문영숙 지음

구한말 멕시코의 낯선 농장으로 이주한 조선 사람들이 노예처럼 일하며 온갖 고난과 수모를 당하지만 불굴의 의지로 희망의 새로운 터전을 마련한 내용을 담은 역사소설.

★ 책따세 추천도서 ★ 대한출판문화협회 올해의 청소년도서 ★ 아침독서 청소년 추천도서

34. 밤나무정의 기판이 강정님 지음

1950년대를 배경으로 소년 기판이의 각별하고도 애틋한 성장과 모험과 죽음을 다룬 이야기. 작가 특유의 입담과 사투리에 실린 당시의 일상과 풍속이 눈앞에 생생하게 되살아난다.

★ 한국문화예술위원회 우수문학도서 ★ 아침독서 청소년 추천도서

35. 스쿠터 걸 이은 지음

질풍노도의 시기인 청소년기의 한복판에 서 있는 열다섯 살 중학생들을 본격적으로 등장시킴으로써 중학생들의 삶을 밀도 있게 그려 낸 청소년소설집.

★ 한국간행물윤리위원회 우수청소년저작 당선작 ★ 학교도서관저널 추천도서

36. 우리 반 인터넷 소설가 이금이 지음

거짓이 휘두르는 보이지 않는 폭력에 '진실'이 어떻게 왜곡되고 유배되는지를 청소년들의 생생한 세태 묘사와 치밀한 구성을 바탕으로 보여 준다.

★ 네이버 북리펀드 선정도서 ★ 학교도서관저널 추천도서 ★ 국립어린이청소년도서관 추천도서

37. 열네 살, 비밀과 거짓말 김진영 지음

습관적인 도둑질에 빠져들면서 비밀과 거짓말이 늘어나게 된 평범한 열네 살 소녀 하리가 다시 삶의 진실을 찾아가는 성장소설.

★ 한국간행물윤리위원회 청소년 권장도서   ★ 문화체육관광부 우수교양도서

38. 허황옥, 가야를 품다 김정 지음

먼 바다를 건너 가야로 온 인도 아유타국 공주 허황옥의 삶을 조명하면서, 철을 바탕으로 국제 무역의 중심지로 자리했던 가야의 역사를 생생히 전하는 역사소설이다.

★ 학교도서관저널 추천도서   ★ 대한출판문화협회 올해의 청소년도서

39. 외톨이 김인해 외 지음

요즘 청소년들의 왜곡된 삶과 고민을 가감 없이 보여 주며, 그들의 정서적 긴장감과 내면적 따뜻함을 동시에 그리고 있는 세 편의 단편소설이 실려 있다.

★ 제8회 푸른문학상 수상작   ★ 국립어린이청소년도서관 사서 추천도서   ★ 아침독서 청소년 추천도서

40. 그래도 괜찮아 안오일 지음

현실의 부정과 좌절에 길항하는 청소년들의 고민을 진정성 있게 담아낸 청소년시집. 청소년들이 지닌 '생기'를 유감없이 보여 주며 긍정과 희망의 메시지를 전한다.

★ 한국간행물윤리위원회 우수청소년저작 당선작   ★ 한국문화예술위원회 우수문학도서

41. 소희의 방 이금이 지음

이금이 작가의 대표작 『너도 하늘말나리야』의 후속작. 달밭마을을 떠나 재혼한 친엄마와 재회해 새 가족의 일원이 된 열다섯 소희의 욕망과 아픔을 다룬 성장소설이다.

★ 한국문화예술위원회 우수문학도서   ★ 한겨레·예스24 선정 청소년책 30선

42. 조생의 사랑 김현화 지음

조선시대를 배경으로 청년 '조생'이 청나라에 파견되는 연행사로 길을 떠나 사랑과 우정, 정의, 신념 등 삶의 진리를 깨달아가는 과정을 그린 청소년 역사소설.

★ 서울시교육청 남산도서관 사서 추천도서   ★ 〈아침햇살〉 선정 좋은 청소년책

43. 아버지, 나의 아버지 최유정 지음

위탁가정에 맡겨진 열여섯 살 연수가 자신의 친아버지를 찾아 떠나는 여정을 통해 진정한 자아 정체성을 확립해 가는 과정을 밀도 있게 그렸다.

★ 한국문화예술위원회 우수문학도서   ★ 〈아침햇살〉 선정 좋은 청소년책

44. 타임 가디언 백은영 지음

타임 슬립이라는 장치를 통해 개인과 사회에서 일어나는 현실의 문제들을 조명하는 본격 청소년 SF소설. 시공간을 뛰어넘는 구성과 예측할 수 없는 독특한 상상력을 맛볼 수 있다.

★ 〈아침햇살〉 선정 좋은 청소년책

45. 분청, 꿈을 빚다 신현수 지음

고려 최고의 사기장의 아들인 강휘가 왜구 침입과 왕조의 변혁 등 극한 시대 상황 속에서 분청사기를 만들기까지의 과정을 흡인력 있게 그린 역사소설.

★ 대한출판문화협회 올해의 청소년도서   ★ 아침독서 청소년 추천도서

46. 방울새는 울지 않는다 박윤규 지음

5·18이라는 역사적 사건을 배경으로 그려지는 명창 소녀 '방울'과 고수 '민혁'의 안타까운 사랑 이야기. 슬픈 현대사를 정면으로 바라보고 올바르게 판단할 수 있는 용기를 준다.

★ 학교도서관저널 추천도서 　★ 한국문화예술위원회 우수문학도서

47. 악어에게 물린 날 이장근 지음

현직 중학교 교사인 시인이 청소년과 함께 호흡하면서 체험한 담백하고 직설적인 언어가 공감을 불러온다. 청소년들 질풍노도가 마음껏 활개 칠 수 있도록 기운을 북돋는 청소년시집.

★ 책따세 추천도서 　★ 대한출판문화협회 올해의 청소년도서 　★ 어린이도서연구회 청소년 권장도서

48. 찢어, Jean 문부일 지음

아르바이트, 집단 따돌림 등 청소년들이 공감할 수 있는 일곱 편의 이야기가 담겼다. 현실에 갇혀 사는 청소년들의 일탈을 유쾌하면서도 진정성 있게 담았다.

★ 아침독서 청소년 추천도서 　★ 한국문화예술위원회 우수문학도서

49. 불량한 주스 가게 유하순 외 지음

실수와 시행착오를 반복하다가 돌연 성장의 분기점을 지나는 청소년들의 '오늘'을 포착했다. 좌절과 반성의 언어조차 싱그러운 청소년들을 응원하게 만드는 네 편의 단편소설 모음.

★ 제9회 푸른문학상 수상작 　★ 아침독서 청소년 추천도서 　★ 네이버 북리펀드 선정도서

50. 신기루 이금이 지음

엄마와 엄마 친구들과 함께 몽골 사막 여행을 떠난 열다섯 다인이가 보낸 6일간의 여정을 통해 또 다른 생명의 고리로 순환되는 모녀 관계에 대한 고찰을 여행기 형식으로 그렸다.

★ 네이버 북리펀드 선정도서 　★ 서울시립어린이도서관 추천도서 　★ 아침독서 청소년 추천도서

51. 우리들의 매미 같은 여름 한 결 지음

섭식장애를 앓고 있는 모녀, 성추행, 보이콧 등 청소년들이 겪는 지독하게 뜨겁고 아픈 이야기가 담겨 있다. 청소년들이 자신 그리고 세상과 화해하는 여정을 솔직담백하게 그렸다.

★ 한국문화예술위원회 우수문학도서 　★ 네이버 북리펀드 선정도서

52. 모래시계가 된 위안부 할머니 이규희 지음

일본군 위안부로 끌려가 꽃다운 처녀 시절을 유린당한 황금주 할머니의 실제 이야기를 김은비라는 소녀의 이야기와 엮어 액자 형식으로 쓴 소설로, 일본어로도 번역 출간되었다.

★ 국제펜문학상 수상작 　★ 학교도서관저널 추천도서 　★ 경기도교육청 추천도서

53. 까레이스키, 끝없는 방랑 문영숙 지음

소련의 강제 이주 정책으로 시베리아 횡단 열차를 탔던 17만여 명의 까레이스키들의 고난과 역경, 도전과 설움을 절절하게 그린 역사소설이다.

★ 한국문화예술위원회 우수문학도서 　★ 아침독서 청소년 추천도서 　★ 한우리가 선정한 좋은 책

54. 나는 랄라랜드로 간다 김영리 지음

기면증을 앓는 소년과 그의 가족이 게스트하우스를 사수하기 위해 펼치는 소동을 재기 발랄하게 그렸다. 절망 속에서도 웃으며 싸울 줄 아는 청춘의 싱그러운 맨얼굴이 돋보인다.

★ 제10회 푸른문학상 수상작 　★ 아침독서 청소년 추천도서 　★ 한국문화예술위원회 우수문학도서

55. 열다섯, 비밀의 방 장미 외 지음

영혼의 도플갱어를 찾아 헤매는 외로운 청소년의 자화상이 네 편의 단편소설 속에 어우러져 있다. 청소년들의 내면의 목소리들이 조화롭게 어우러져 다양한 빛깔의 공명음을 들려준다.
★ 제10회 푸른문학상 수상작 ★ 경기도학교도서관사서협의회 추천도서

56. 눈썹 천주하 지음

암에 걸려 1년 4개월 동안 치료를 받던 열일곱 살 소녀가 일상으로 돌아온 뒤의 이야기를 담고 있다. 가족과 친구, 일상이 얼마나 가치 있는 것인지를 새삼 깨우쳐 준다.
★ 국립어린이청소년도서관 사서 추천도서 ★ 한국문화예술위원회 우수문학도서

57. 나는 지금 꽃이다 이장근 지음

청소년들의 삶을 제대로 들여다보고 마음을 헤아리는 시 창작 과정을 통해 나온 본격적인 청소년을 위한 시로, 삶이 점점 피폐해지고 있는 청소년들의 마음을 어루만져 준다.
★ 문화체육관광부 우수교양도서 ★ 경기도학교도서관사서협의회 추천도서 ★ 학교도서관저널 추천도서

58. 우리들의 사춘기 김인해 지음

겉으로 잘 드러나지 않는 소년들의 감성을 날카롭게 포착하여 진솔하고 강렬하게 그려낸 '소년들을 위한' 소설집. 표제작을 비롯한 여섯 편의 단편청소년소설을 담고 있다.
★ 한국문화예술위원회 우수문학도서 ★ 국립어린이청소년도서관 사서 추천도서

59. 여우 소녀 미랑 김자환 지음

조선시대 임진왜란 발발 즈음의 여수 지방을 배경으로, 구미호에게 아버지를 잃은 묘남과 구미호의 딸 여우 소녀 미랑의 애틋한 사랑 이야기를 담고 있다.
★ 새벗문학상 수상작가

60. 얼음이 빛나는 순간 이금이 지음

아이와 어른의 경계에서 몸살을 앓던 두 소년이 5년 뒤 전혀 다른 풍경을 띠게 된 각자의 삶을 응시한다. 우연으로 시작해 선택으로 이루어지는 인생의 내밀한 진실을 담았다.
★ 윤석중문학상 수상작가 ★ 학교도서관저널 추천도서

61. 택배 왔습니다 심은경 지음

질풍노도를 겪는 청소년과 그를 둘러싸고 있는 가족, 친구, 사회의 풍경을 세밀하게 그린 여섯 편의 단편청소년소설을 담았다. 건강하게 자립하고 따뜻하게 소통할 줄 아는 인물들의 모습에서 희망을 엿볼 수 있다.
★ 제10회 푸른문학상 수상작가 ★ 한국문화예술위원회 우수문학도서

62. 똥통에 살으리랏다 최영희 외 지음

팍팍한 사회 현실에 가로막힌 청소년들의 고민을 각기 다른 개성으로 그린 네 편의 단편청소년소설을 묶었다. 청소년 특유의 감성으로 부조리한 사회와 욕망을 관찰하고 풍자하는 이야기가 공감을 불러일으킨다.
★ 제11회 푸른문학상 수상작

* ⟨푸른도서관⟩ 시리즈는 계속 나옵니다!